O GRITO DO HIP HOP

Luiz Puntel e Fátima Chaguri

Ilustrações
Libero

editora ática

O grito do hip hop

Editor	Fernando Paixão
Editora	Carmen Lucia Campos
Editor assistente	Fabio Weintraub
Preparador	Agnaldo Holanda
Coordenadora de revisão	Ivany Picasso Batista
Revisora	Alessandra Miranda de Sá

ARTE

Editora	Suzana Laub
Editor assistente	Antonio Paulos
Editoração eletrônica	Flavio Peralta (Estúdio O.L.M.)
	Claudemir Camargo
Edição eletrônica de imagens	Cesar Wolf

CIP-BRASIL. CATALOGAÇÃO NA FONTE
SINDICATO NACIONAL DOS EDITORES DE LIVROS, RJ

P984g

Puntel, Luiz
O grito do *hip hop* / Luiz Puntel e Fátima Chaguri ; ilustrações Libero. - 1.ed. - São Paulo : Ática, 2004.
144p. : il. - (Vaga-Lume)

Contém suplemento de leitura
ISBN 978-85-08-09165-2

1. Novela infantojuvenil brasileira. I. Oliveira, Fátima Chaguri. II. Libero. III. Título. IV. Série.

10-0523. CDD: 028.5
CDU: 087.5

ISBN 978 85 08 09165-2 (aluno)
CL: 731180
CAE: 222677

2023
1ª edição
11ª impressão
Impressão e acabamento: Forma Certa Gráfica Digital

Deixar a marca, soltar a voz

A vida movida a spray*: driblar os gambés, escalar os muros mais altos e, com tinta e adrenalina, assinar a cidade. A marca espalhada por vastos espaços.*

Nesse pique corre o dia de Toninho, jovem pichador de uma das comunidades mais pobres de São Paulo. Na companhia de Gera e Beó, seus parceiros no picho, vai experimentando essas rápidas alegrias em meio a um cotidiano de muita violência e privação. Passagem pela polícia, perda de emprego, morte de amigos próximos... Tudo isso Toninho há de sofrer nas páginas que se seguem. Acontecimentos traumáticos que, no entanto, despertarão nele a consciência de um destino ligado ao de sua comunidade, a gente negra e pobre da periferia.

Para tanto vai ser fundamental seu encontro com a galera do hip hop*: grafiteiros,* rappers*, o pessoal do núcleo Orumilá (de que sua mãe participa), as lições de Helião, líder local, e de Aline, monitora de jovens por quem Toninho se apaixona.*

Com a ajuda desses amigos, nosso herói deixará o picho pelo grafite, identificando na arte um poderoso instrumento para a denúncia da injustiça. Isso, é claro, desde que ela não se limite ao mero desabafo, mas revele também uma visão consistente dos problemas sociais e uma vontade clara de mudar a realidade. Deixar a marca e soltar a voz, sim, como fazem os rappers *periferia afora, mas com ideias e propostas, para que o grito não se perca em meio à balbúrdia geral.*

Conhecendo Luiz Puntel e Fátima Chaguri

Luiz Puntel mora em Ribeirão Preto (SP). Ele é formado em Letras e autor de livros da série Vaga-Lume, entre os quais *Meninos sem pátria*, *Açúcar amargo*, *Tráfico de anjos* e *Missão no Oriente*.

Fátima nasceu e viveu em Ribeirão Preto onde se formou em Letras e trabalhou como professora.

Foi através da convivência com os alunos, da prática de sala de aula, da preparação de material, da troca do dia a dia, que nasceu o desejo de colocar no papel suas experiências de professores, e o fruto desse trabalho se traduziu numa coleção de livros didáticos.

A parceria deu tão certo que resolveram lançar um livro na área da ficção juvenil. O livro que vocês lerão é o resultado desse projeto e resulta não apenas do diálogo entre os autores, mas também de muitas horas em *shows* de *rap*, muita conversa com os moradores da periferia de São Paulo e atenção para os problemas que eles enfrentaram diariamente. O impacto dessa experiência é o que você vai conferir agora, ao longo das próximas páginas. Fátima faleceu em 2008.

Foto: Arquivo pessoal

Sumário

Um salve!

Um salve ao Lélis Caldeira, mano querido, companheiro da hora, o primeiro incentivador deste trabalho.

Um salve aos MCs Paulo Shetara, mano de atitude, e ao Ysak, mano de proceder; ao Tom, arte-educador, grafiteiro sangue-bom. O agradecimento por nos iniciarem no momento de abracadabra, ou seja, por nos terem aberto o maravilhoso mundo da cultura popular hip hop.

Um salve ao Paulo e à dona Neide, modelos de solidariedade e compromisso com a cultura negra na periferia.

Um salve à professora Chrystina Muniz e ao mestre Kapetinha, nossos cicerones na zona sul de São Paulo.

Um salve aos 111 manos assassinados no Carandiru, e a todos os mortos em chacinas, nos acertos de conta fratricidas ou nos enfrentamentos policiais. Paz!

Um salve aos manos que cumprem pena nas febens, delegacias e penitenciárias.
À maioria foram negados os direitos de qualquer cidadão: escola, moradia condizente, oportunidade de emprego etc.

Um salve a todos os manos e minas do Brasil, que nos ensinaram que comunidade não é apenas um conceito livresco, mas sim a rima da vida.

É nóis!

A PERIFERIA VIVE

Nós não somos a parte do povo que cala,
nós somos a fala da parte calada do povo.
(Poeta Urbano – MH_2O – CE)

Casas sem reboco, barracos dependurados nos morros, esgoto a céu aberto, milhares de crianças sem escola, tráfico de drogas, violência generalizada, exploração do trabalho infantil, subemprego, ônibus lotados, chacinas, invasões policiais.

Esse é o retrato cinzento do Capão Redondo, Jardim Ângela, Jardim São Luiz e de tantos outros bairros da imensa periferia da zona sul, norte, leste e oeste de São Paulo. Nada diferente das periferias nas demais cidades brasileiras.

Nesse mesmo cenário de carência e miséria, encontram-se mães comprometidas com a educação de seus filhos, pais trabalhadores, crianças soltando papagaios, rádios comunitárias, grupos musicais, expressões religiosas e culturais, a solidariedade das organizações não governamentais, atuação de educadores populares em centros culturais, oásis de liberdade e conscientização de um povo oprimido. E, entre as manifestações culturais, o movimento hip hop. *Esse é o tema deste livro.*

Vítimas dos constantes descasos governamentais, aos moradores da periferia resta apenas uma saída: confiar em suas próprias forças, ou seja, buscar dentro deles mesmos, dentro de suas afirmações culturais, a saída para seus gritantes problemas sociais.

O movimento hip hop *é uma dessas saídas. Reunindo manifestações culturais como o* break, *o* rap *e o grafite, ou seja, a dança, a música e a expressão visual, o* hip hop *é um movimento que nasceu da necessidade do povo de expressar sua arte.*

E não se pode falar do hip hop *sem citar nomes expressivos de sua liderança, como o lendário Nelson Triunfo, Thaíde, DJ Hum, Milton Salles, Rappin' Hood, MV Bill, GOG e grupos como Racionais MCs, SNJ, Facção Central, Da Guedes, Face da Morte, Consciência X Atual, Família Abracadabra e tantas outras famílias ou posses nas capitais e interior.*

O movimento hip hop *procura dar voz e vez a um povo que precisa de emprego, de escola, de hospitais, de moradia; enfim, de políticas públicas que evitem o ingresso dos jovens na criminalidade. Procura dar voz e vez não à parte do povo que cala, mas é justamente a fala da parte calada do povo.*

Luiz Puntel e Fátima Chaguri

O GRITO DO HIP HOP

1 UM "PICHO" NA MADRUGADA

— Sujou! Sujou! Vamo se mandar que os gambé tão na área! — gritou Betão, um dos quatro jovens que, sobre a marquise de um supermercado, pichavam na fachada do prédio a marca da turma: Os Encardidos.

Ele percebeu a aproximação da viatura policial, que avançava de faróis apagados, dobrando a esquina.

Acrescentando ação às palavras, deu um salto e, em dois segundos, já na calçada, pisava macio o chão da Estrada M'Boi Mirim, que atravessa o Jardim Ângela, zona sul da cidade de São Paulo. Na queda, seu inseparável boné caiu. Ele o apanhou, enterrando-o na cabeça, num gesto muito seu.

Gera, o segundo deles, pulou em seguida. Na vez de Beó, o terceiro a saltar, ele vacilou, com medo.

Toninho, que pularia por último, apressou-o, o coração acelerado.

— Pula logo, mano! Deixa de frescura!

— Eu falei que ia dar B.O., cara... Vamo vazar pelo telhado. — Seu medo congelava a cena, empatando a fuga dos companheiros.

— O Beó sempre atrapalha a gente. Eu vou é me mandar... — Betão, percebendo que Beó hesitava, não esperou mais nenhum segundo.

— Peraí, mano! Deixa de ser traíra! — Gera gritou, em tom de desespero.

Inútil pedir solidariedade. Betão saiu em desabalada carreira, entrou em uma das centenas de vielas e, ganhando a escuridão, desapareceu na madrugada.

Finalmente Beó pulou. Na queda, torceu o pé. Seu gemido foi encoberto pelo grito de um dos quatro policiais que desciam da viatura:

— Mão no coco, seus mané! — ele ordenou, enquanto o sargento gritava com Toninho:

— Pode descer, neguinho, que a casa já caiu.

Assim que pulou da marquise, Toninho quis ajudar Beó, mas levou um tapa de um dos policiais.

— Mão no coco também, anda!

— Então, os pivetes brincavam de embelezar a cidade, hein? — O sargento ironizou, cutucando com o cassetete o pé machucado de Beó. Toninho tentou negar, mas um dos policiais apanhou uma das latas de *spray* do chão e começou a esvaziá-la no rosto e na camisa do jovem.

— Era assim que você tava deixando sua marca lá em cima, seu pilantra? Toma! Toma!

O pé de Beó doía. Mas pior era a humilhação, a dor de ter sido pego em flagrante pelos policiais. Então ele ingenuamente suplicou, diante da violenta ação policial:

— Para com isso, moço!

Levou uma cacetada nas costas, nem soube de qual dos policiais. A dor fez com que perdesse a voz.

Outro policial algemava os meninos enquanto o sargento abria a porta de trás da viatura, empurrando-os com agressividade para dentro.

— Posso pegar o *skate*? — Gera ainda pediu, voz trêmula, apontando na direção do poste.

O policial deu uma irônica gargalhada, indo recolher o que acabava de ver.

— Meu filho vai adorar esse *skate*! — ele comentou com o colega.

— Não, por favor, seu polícia! Esse *skate* não é meu!... — Gera implorou, mas não adiantava. O policial já havia se apoderado dele.

Na viatura, o espaço era apertado. Fechada a porta, o veículo saiu em alta velocidade.

— Se os cara algemaram a gente, é porque vão ficar dando um rolê pela madrugada que nem fizeram com aque-

Era assim que você tava deixando sua marca
lá em cima, seu pilantra?

les mano do Jardim Coimbra, na semana passada... — Toninho cochichou.

— É mesmo. Eles contaram que os gambé judiaram muito deles. E pelo jeitão do mais gordo aí, acho até que eles vão levar a gente pro mato e querer espancar até a morte — Beó sussurrava, tremendo de medo.

Na primeira curva, os três rolaram um por cima do outro, amontoados à esquerda da viatura.

— Que gambé desgraçado! Ele tá fazendo curva fechada só pra machucar a gente.

— Se a gente sair vivo dessa, Gera, você ainda vai ter que pagar um *skate* novo pro Luquinha. Ele tá colando com a turma do Gerson e a parada deles é pesada. Se você não pagar um novo, já viu! — Beó fazia previsões em voz baixa, para não ser ouvido pelos policiais.

— Isso lá é hora de me lembrar disso... — Nem bem Gera retrucou, nervoso, outra curva os lançou à direita do veículo e eles bateram a cabeça na grade da viatura.

— Se o Betão estivesse aqui, ia ser pior. Do jeito que ele é grandão, a gente ia se machucar pra valer — Toninho comentou, quando os três voltaram a se ajeitar como podiam.

— Ele não tá aqui porque não tem atitude e proceder. Na hora do perrê ele deu linha, mano! — Gera reclamou.

— Não, não acho não. Ele não ficou para não ser pego pelos gambé.

— Você quer dizer que eu fui trouxa de não fugir com ele?

— Não é, mano! É que o Betão já tem passagem e... — Toninho tentava defendê-lo, mas outra curva jogou-os contra a lateral da viatura e a conversa morreu ali.

2 *É TUDO O CINZA DA PERIFERIA*

O telefone tocou no pequeno apartamento da Cohab Adventista, no Capão Redondo. Sérgio levantou-se rapidamente do sofá onde dormia e foi até o quarto de seus irmãos verificar se Gera já havia chegado. Dos dois beliches, uma das camas estava vazia. Voltou à sala, o relógio marcava três da manhã.

— Pronto! — ele atendeu, preocupado, sabendo que o telefonema certamente trazia notícias ruins do irmão.

— É da casa de Geraldo Antunes? — uma voz imperativa indagou.

— Sim, é o irmão mais velho dele quem fala.

Rapidamente Sérgio ficou sabendo que Gera, Beó e Toninho estavam detidos na 100ª DP por pichação. Ao colocar o telefone no gancho, ele notou que sua mãe estava à porta, com o rosto preocupado.

— O que aconteceu com o Gera?

— Calma, mãe. Ele tava pichando e eles tão detido na DP do Jardim Herculano. Eu vou lá tirar eles.

— Eles quem? Eu vivo falando pra ele não andar com má companhia; mas, hoje, dos cinco, ele é o filho que me dá mais trabalho.

Sebastiana começou a chorar. Tinha medo de que seu filho tivesse o mesmo fim dos garotos mortos na chacina da semana anterior.

— Não, mãe! O Gera não tá metido em nenhuma roubada. Ele tava com o Toninho e o Beó, que são sangue-bom. Fica calma que vou passar na casa deles e buscar a dona Vera e a dona Lázara.

— Isso, meu filho! Elas devem estar morrendo de preocupação também.

Ele não demorou muito para chegar ao Jardim Comercial. Lá, bateu na janela. A janela do quarto de Edite, irmã de Toninho.

Como um autômato, ela sentou-se na cama, olhos arregalados.

— Quem taí? — perguntou, assustada.

— Edite, sou eu, o Sérgio. Seu irmão, o Gera e o Beó estão em cana. Cadê a dona Vera?

— Presos? O que aconteceu com eles? — Edite levantou-se, ao mesmo tempo que procurava se vestir.

— Saíram pra pichar e os gambé enquadraram os três. A gente tem que ir lá pra livrar a cara deles.

— Eu vou com você. Minha mãe ficou até agora acordada. Espera só eu trocar de roupa.

Vera, ao ouvir a voz de Sérgio, levantou-se. Começou a se vestir, mas Edite a interrompeu.

— A senhora não vai não, mãe! Com a desculpa de passar roupa, ficou até tarde acordada, esperando o Toninho chegar. Depois, ficou se virando na cama e não pregou o olho.

— Mas, filha, eu que sou a mãe dele...

— Não, mãe! É melhor a senhora ficar. Não anda boa por causa das varizes e da pressão alta, deixa que eu resolvo isso!

Fechando o portão da casa, Edite aproximou-se de Sérgio e o cumprimentou com o costumeiro beijo no rosto. Ele sentiu que ela estava nervosa.

— Preferia vir te buscar pra gente sair pra curtir, não pra... — Sérgio gracejou, tentando acalmar Edite.

— Tomara que a gente consiga tirar eles da cadeia. Eu tô com medo, Sérgio.

— Fica com medo não. Eu vou resolver essa parada. Agora vamos passar lá na padaria do seu Mário pra ver se ele empresta a kombi.

— Mas não é longe daqui?

— Fica na Estrada de Itapecerica. Mas se ele emprestar vai dar certo porque a DP fica pra lá da M'Boi Mirim, longe demais.

— Foi nessa padaria que você trabalhou um bom tempo, não foi?

— Foi. O seu Mário me deu uma força quando eu... Bem, ele me ajudou muito quando eu era pivete. Tenho certeza que ele vai quebrar essa. — Sérgio ia dizer que Mário o ajudou quando ele saiu da Febem, mas tocar nesse assunto o constrangia.

* * *

Mário estava às voltas com a primeira fornada de pão. Assim que viu Sérgio entrar pela porta dos fundos, a única aberta àquela hora, perguntou-lhe o que havia acontecido.

— Ih, seu Mário, a coisa tá pegando... — Sérgio estava reticente.

— O que aconteceu?

— Meu irmão, o da Edite e o filho da dona Lázara estão preso na DP do Jardim Herculano e....

— O que eles fizeram de errado?...

— Eles se meteram numa pichação na madrugada, a gente precisa ir lá, mas a essa hora não tem ônibus nem lotação — Edite se adiantou.

— Se o senhor pudesse emprestar a kombi... — Sérgio pediu.

— Lógico que empresto, mas ela está sem gasolina.

— Eu tenho uns trocado aqui. — Percebendo que Sérgio não tinha dinheiro, Edite resolveu a questão.

Assim que entraram na kombi, os dois foram buscar Lázara.

— Eu sei que ela mora num barraco ali na favelinha do Jardim Jangadeiro, mas não sei direito qual deles.

— Não tem erro. Eu sei bem onde é.

* * *

Lázara, ao ouvir o chamado, reconheceu a voz de Edite. Vera, sua mãe, foi uma das únicas pessoas que lhe deram a mão, arrumando uma colocação de costureira para ela, quando vieram morar ali.

— O que aconteceu com o Maurinho? — a mulher perguntou, desesperada.

— Ele, o Toninho e o Gera estão presos. Estavam pichando muro e...

— Eu não dormi a noite toda, minha filha. Só pensei coisa ruim e agora você diz que ele está preso. Meu Deus, que desgraça! — ela perdia o controle. — Ai meu Deus! Parece um castigo! Eu vivo falando para esse menino não se envolver com essa gentinha.

— Essa gentinha é nóis, né? Os preto e os pobre da periferia! — Sérgio interrompeu rispidamente.

— Desculpe-me. Eu não quis ofender!

— A gente não tem culpa da senhora ter vindo parar aqui na quebrada. Todo dia uma pá de gente, sem ter pra onde ir, acaba vindo pra cá. E aqui, dona Lázara, aqui tudo é periferia. Não tem essa de preto, de branco, de amarelo. É tudo o cinza da periferia.

Sérgio, na sua maneira simples, entendia o sofrimento da mãe de Beó, mas também estava nervoso e não conseguiu se controlar.

— Calma, dona Lázara! Ele tá com o meu irmão e com o Gera, não é com gentinha não. Nós todos vamo até lá, conversamo com os home e resolvemo essa parada bem rápido. — Edite contornou a situação, tentando resolver o problema.

— Eu não quis dizer isso...

— Tá bom. Então vamo, que ainda temo que colocar gasolina na perua.

Abasteceram o veículo num posto perto do Morro do Índio na M'Boi Mirim e rumaram para a delegacia.

3 *QUE CARA DE PALHAÇO É ESSA?*

Mal estacionou a kombi na frente da delegacia, Sérgio foi logo dizendo:

— Deixa que eu troco uma ideia com os gambé. Aqui é conversa pra macho.

— Eu nunca vi você falar assim! Sei que é difícil pra você entrar numa delegacia, mas tenta ficar calmo — Edite se surpreendeu com a maneira agressiva de o rapaz falar.

— Desculpa aí! Não é fácil mesmo segurar essa barra. Tudo o que eu sofri na Febem parece que aconteceu ontem!

Realmente, não era a primeira vez que ele entrava numa delegacia. Quando tinha quinze anos, envolvera-se num assalto a uma residência e fora preso em flagrante. Estar ali recordava um passado que ele desejava esquecer.

Havia muita gente na delegacia. Aproximaram-se do balcão, Lázara se adiantou e foi dizendo, ríspida:

— Eu sou a mãe de Mauro José, que foi preso pichando um prédio, e vim buscá-lo. — Diante da indiferença do policial, que não a viu, ela quase gritou: O senhor quer me dizer onde está ele?

O policial, que fazia um boletim de ocorrência, irritou-se com a interferência petulante da mulher à sua frente e disparou em voz alta:

— A senhora não está vendo que a casa está cheia? Tenho dois flagrantes de homicídio e o registro de um estupro para fazer o B.O. e a senhora quer ser atendida já? Senta e espera.

Sérgio pegou-a pelo braço e a fez sentar-se no único banco disponível.

— Dona Lázara, a gente tinha combinado que eu é que ia conversar com os home. Nervosa desse jeito, a senhora vai botar tudo a perder.

— Mas ele não tinha o direito de gritar comigo.

— Se acalma. Todo mundo aqui tem algum problema pra resolver.

O ambiente da delegacia estava mesmo tenso. Ao lado de dona Lázara, uma mulher chorava. Sua filha, ao voltar da escola, havia sido estuprada por um vizinho. Fazia mais de hora que estava ali e ainda não havia sido atendida.

Edite e Sérgio passaram a consolar a desconhecida. Lázara, então, entendendo quanto era desesperador o problema da senhora ao seu lado, percebeu que os outros casos eram tão dolorosos e urgentes quanto o seu.

Nesse momento, tocou o celular de Sérgio. Era sua mãe, preocupada. Ele a tranquilizou, dizendo que os três já estavam para ser liberados. Mentiu, na verdade. Era preciso acalmar sua mãe.

O telefonema lembrou que era preciso pedir que alguém o substituísse em seu programa na rádio comunitária. Ligou para um companheiro:

— Helião, pela ordem?

— Firmeza, mano? — uma voz de quem havia acabado de acordar atendeu ao telefone.

— Mano, eu tô aqui na DP do Jardim Herculano e vou demorar...

— Qual é a bronca?

— O Gera e os amigos dele foram pichar e os gambé enquadraram eles. Depois eu te passo a fita toda. Dá pra você me substituir lá no Bom Dia Comunidade? — Sérgio se referia ao programa que ele fazia todos os dias na rádio comunitária Periferia Sul.

— Fica frio. Deixa comigo que eu quebro essa responsa!

Demorou ainda muito tempo até que os meninos fossem liberados. Antes, no entanto, Sérgio, Edite e Lázara tiveram de assinar um documento, prometendo ao delegado que os três iam tomar jeito.

Ainda no saguão da delegacia, Edite perguntou:

— Que cara de palhaço é essa? — Toninho, constrangido e humilhado, ficou em silêncio.

— Foram os gam... — Beó ia denunciar, mas Gera o interrompeu:

— Foi a... a válvula do *spray* que... estourou e o jato foi direto na cara do Toninho... — Gera tratou de achar uma desculpa, olhando firme para Beó, para ele não insistir. Não era conveniente criar mais problemas agora.

Sérgio percebeu que os policiais tinham usado de violência pichando o rosto de Toninho, mas silenciou porque sabia que seria inútil denunciar.

Assim que pegaram a Estrada da Baronesa, de volta para casa, Edite quebrou o silêncio:

— Toninho, foram eles que te picharam, né?

— Foram, sim, e além disso roubaram o *skate* do Luquinha, que tava com o Gera.

— Ainda bem que deixamo os caderno com a Patrícia — acrescentou Beó, até aquele momento muito calado, com vergonha até de olhar para a sua mãe ao lado.

— E eles ficaram dando rolê com a gente na madrugada. Da próxima vez, vamos denunciar eles — Gera acrescentou, nervoso.

— Da próxima, você vai é ficar mofando na Febem, entendeu, seu otário! — Sérgio, engatando a marcha, encarou-o pelo retrovisor com um olhar fulminante. — Já te falei que você precisa correr pelo certo. A mãe tá lá em casa chorando. Precisei acordar o Helião para fazer o Bom Dia Comunidade no meu lugar, a Edite e a dona Lázara vão perder o dia de serviço só porque vocês resolveram pichar o mundo.

Gera ia argumentar que Sérgio, quando mais novo, pichava também, mas desistiu. Sabia que o irmão estava nervoso. O melhor era se calar. Abaixou a cabeça sem falar nada.

Quando chegaram ao Jardim Jangadeiro, já passava das oito da manhã. Sérgio deixou Lázara e Beó no barraco.

— Antes de descer, eu gostaria de justificar a minha atitude e me desculpar porque...

— Que é isso, dona Lázara! A gente tá aí pra ajudar todo mundo. Não esquenta não! — Sérgio a interrompeu, sabendo a que ela se referia.

Assim que a kombi se pôs em movimento, Sérgio sorriu. Edite percebeu e comentou.

— Você tá rindo do mesmo que eu?

— Ela é uma mulher muito metida, né? Não perde a pose: "Antes de descer, eu gostaria de justificar a minha atitude e me desculpar porque..." — Sérgio arremedava o jeito de Lázara falar.

— Pelo que a minha mãe me contou, ela é uma mulher que teve até estudo.

— É, parece também que o marido dela tinha um bom emprego, mas foi demitido...

— Isso mesmo! Depois vieram morar com a irmã dele num dos morros daqui. Aí deu uma chuvarada e a casa despencou morro abaixo. A cunhada, os dois sobrinhos e o marido da dona Lázara morreram soterrados. Só sobrou ela e o Beó, e o único jeito foi morar aí na favelinha do Jangadeiro, coitada!

— E até hoje ela não se conforma, né?

4 MAIS UM QUE "FOI PRO SACO"

Assim que Sérgio parou a kombi em frente à casa de Edite, Toninho desceu sem se despedir.

— Gera, pode descer aqui também e vai direto pra casa, que eu tenho certeza que a mãe tá te esperando.

Edite, ao ficar sozinha com Sérgio, lembrou-o de buscá-la no domingo. Ele sorriu e a beijou no rosto.

Quando foi devolver a perua ao ex-patrão, este perguntou dos meninos.

— Deu tudo certo lá na delegacia. Só espero que eles tomem tento.

— Vão tomar, filho! Você também pichava tudo quanto é muro quando veio trabalhar comigo! E hoje tá aí, um rapaz responsável. Falar nisso, quando vocês vão fazer um novo *show* de *rap*? Meu filho adorou o último que vocês fizeram.

— Sei não. Com a morte do Zoinho no bailão que o pessoal do Jardim Ângela fazia por lá, a polícia tá embaçando.

— O Zoinho era teu amigo na Febem, não era?

— Era. Fizemo um monte de corre junto. Mas depois eu entrei pro Bate Lata, aprendi a tocar percussão e...

— Eu me lembro disso. Foi nessa época que você veio trabalhar comigo.

— O que me dá tristeza, seu Mário, é que o Zoinho continuou nos corre e acabou morrendo num acerto de conta naquele baile *funk*.

— Então, é por isso que o zé-povinho fala que esses *shows* só dão treta e caixão.

— Se bem que pra se morrer por aqui basta estar vivo. Mas a gente já tá conseguindo arranjar um lugar pra fazer o *show*. Vamo mostrar que não tem nada a ver uma coisa com a outra...

Na volta para casa, enquanto cortava caminho por uma das ladeiras, um adolescente cruzou com Sérgio.

— Sérgio, tu tá sabendo da fita?

— Não, mano, o que aconteceu?

— O Nego Leco foi pro saco! Sentaram três balaço nas costa dele aí na viela de baixo — contou o garoto, continuando a subir a ladeira e a avisar a todos que encontrava.

Todos sabiam que o Nego Leco estava jurado de morte por um dos traficantes da área. Perdera a vida por dívidas de pedras de *crack*.

A mãe do rapaz amparava o filho no colo, e chorava sobre o seu cadáver, como se, com o seu carinho, pudesse lhe devolver a vida.

Os vizinhos rodeavam a mãe do rapaz assassinado. Sérgio se aproximou e abraçou-a suavemente.

— Veja o que fizeram com ele! — a mãe do Nego Leco chorava inconformada. — Tava indo tão bem lá no curso com você...

— Tava sim, dona Gertrudes. Ele ia ser um bom DJ... — Sérgio disse.

— Sabe, não faz muito tempo o Helião me falou que ele também levava jeito no grafite. Mas não deu tempo, né, pra salvar ele...

Veja o que fizeram com ele! — A mãe do Nego Leco chorava incorformada.

— A pedra foi mais rápida — Sérgio a interrompeu. Sem saber mais como consolá-la, continuou quieto por uns minutos. Depois, levantando-se, perguntou aos que os rodeavam se alguém tinha chamado a polícia.

Ninguém havia feito isso. Na verdade, há pouco tinham descoberto o cadáver caído na viela. Só tinha dado tempo de chamar a mãe do rapaz.

Sérgio, então, resolveu tomar providências. Telefonou para a polícia.

— Se der sorte, daqui a umas duas hora eles mandam o camburão — comentou com os vizinhos, assim que desligou o telefone.

Quando teve certeza de que Gertrudes estava sendo tranquilizada pelas vizinhas, foi para casa. Sua mãe também precisava dele. Mais tarde iria ao enterro do aluno.

Ao descer a ladeira, Sérgio ia pensando na cena de violência que tinha acabado de presenciar. Na escadaria, ele parou, olhou a paisagem à sua volta. Dali, via a miséria impressa em cada casebre dependurado nas encostas, em cada viela suja e abandonada, o mau cheiro da violência se misturando com o mau cheiro do esgoto a céu aberto.

Sérgio concluía, amargurado, que a periferia era mesmo cinzenta como eram cinzentas as vidas de seus moradores.

Ao descer as escadas, o ruído de seus pés batendo no concreto serviam de ritmo a uma nova letra de *rap*, falando da dor da periferia, do cotidiano amargo e de mortes como a do Nego Leco.

5 POLÍCIA OU BANDIDO?

Enquanto Sérgio vivia o drama da morte do Nego Leco, Toninho, Beó e Gera tinham que se explicar a respeito da prisão.

Na casa de Toninho, Vera estendia a roupa no varal. Não tinha conseguido dormir a noite toda. Ela havia chorado muito. Se o marido estivesse vivo, Toninho daria tanto trabalho? A dor da perda do marido e o descaminho do filho se misturavam dentro dela.

Enquanto esperava o retorno de Edite e de Toninho, foi para o tanque. A montanha de roupas para lavar a esperava.

Toninho entrou e ficou sentado na sala. Tinha medo de enfrentar a mãe.

— Você já se desculpou com a mãe? — Edite, ao entrar, percebeu que o irmão tentava disfarçar.

Sem escapatória, o menino, a contragosto, levantou-se e timidamente se aproximou do pequeno quintal.

— Uai, Toninho, arrumou um bico de guarda-noturno?

— Como assim, mãe? — Ele não percebeu a ironia.

— Uai, quem passa madrugada na delegacia é polícia ou bandido... Qual das duas profissão você vai seguir?

— É que eu fui dar um rolê com uns cara lá da escola e um deles resolveu pichar uns muro e... — Toninho não encarava a mãe, para ela não ver que ele estava com o rosto cheio de tinta. Esgueirava-se entre os lençóis estendidos no varal.

— Quer dizer que se seus amigo lá da escola resolvem pichar este lençol da minha patroa, você também concorda? — Vera continuou, irônica.

— Não, isso não! É diferente...

— O que é diferente, Antônio Clodoaldo?

Ele temia por isso. Quando ela o chamava pelo seu nome completo, coisa que ele detestava, é porque viria bronca, e bronca pesada.

— Me explica, que sou ignorante, só entendo de lavar lençol e toalha. O que os muro branco têm de diferente dos lençol que lavo e passo?

— Os lençol é das patroa da senhora, os muro... sei lá de quem são... — Toninho não sabia o que dizer.

— Os muro também têm dono, são de alguém.

— Mas é dos bacana, dos branco!

— Seu pai também era branco. E porque é dos branco você acha que tá certo pichar tudo? Isso também é preconceito.

— A senhora vive falando que a gente que é preto não pode errar, que os branco escravizaram a gente...

— Escravizaram sim, mas não é por isso que você tem o direito de pichar a casa dos outro. Quantas vezes já te pedi pra ir numa reunião do Orumilá pra você entender a nossa luta? Talvez, se você fosse, ia perceber que não é destruindo as coisa dos outro que vamo garantir os direito da gente. — Vera se referia ao Centro Comunitário Orumilá, onde a comunidade se reunia para discutir seus problemas e realizar oficinas de várias manifestações culturais.

Toninho continuava a não encarar a mãe, a desviar o rosto. Vera percebeu isso e perguntou:

— Antônio Clodoaldo, estou falando com você! Olha pra mim! — E Vera levantou o queixo do filho. — Meu Deus! O que eles fizeram com você? — ela se espantou ao ver que o rosto dele estava pichado.

— Foi... foi... — Toninho titubeou. Se falasse que tinha sido um policial, conhecendo sua mãe, sabia que ela poderia querer tirar satisfação na delegacia. Pensou em salvar a situação, dando a desculpa do vazamento do *spray*, que Gera usara na delegacia, mas sua mãe o interrompeu.

— Foram os polícia, né, meu filho? — Vera sabia que o filho estava procurando uma desculpa.

— Foi, mãe, foi um gambé desgraçado que me pichou!

Vera sentiu o ódio ferver em suas veias. Seus sentimentos eram contraditórios. Sabia que o filho estava errado, e exigia dele um comportamento ético; por outro lado, o policial também não tinha direito de pichar seu filho. Como educar numa hora dessas?

Teve vontade de abraçar o filho, de lhe dar colo, mas não poderia agir assim. Se o acarinhasse, era como se estivesse cedendo, concordando com sua atitude. Foi dura:

— Vá pra dentro e se lave, menino!

* * *

Diferente de Vera, Lázara não fizera nenhum discurso ou sermão. Assim que chegaram ao barraco, ela cobriu Beó de tapas. Ele não sentia tanta dor. Doía mais era ver o desespero dela. Apanhou calado. Sua mãe tinha razão. Lázara sentou-se na cama e, curvando o corpo, começou a chorar.

Beó se deitou ao seu lado e permaneceu quieto.

— Em vez de ficar estragando o muro dos outros, você deveria era se preocupar em arrumar um emprego, uma colocação decente, meu filho — Lázara, mais calma, tentou aconselhar.

Enquanto isso, na casa de Gera, Sebastiana fazia valer sua posição de mãe:

— Senta aqui, moleque. Você precisa saber de umas coisa. — Ela apontou uma cadeira.

— Sim, senhora! — Gera sentou-se, sabendo que sua mãe ia iniciar um rosário de lições de moral.

— Olha aqui, moleque! Nós somo pobre, mas pobre decente. Depois que escutar o que eu tenho pra dizer, você vai lá na mecânica, pede desculpa ao patrão por ter chegado atrasado e promete pra ele que foi a primeira e última vez que isso acontece.

— Já são mais de nove hora, eu passei a noite na delegacia, sem dormir e... — Gera advogava em causa própria.

— Pois vai continuar sem dormir e trata de trabalhar com mais atenção pra não fazer nada errado — Sebastiana o interrompeu, obrigando-o a escutar o que ela tinha a dizer.

Ainda falava com Gera, quando Sérgio chegou.

— Mãe, mataram o Nego Leco!

— Meu Deus, o filho da Gertrudes?

— É, mãe. Ele já tava jurado de morte — acrescentou Sérgio.

— Tá vendo, Gera, tá vendo que é este fim que eu não quero pros meus filho?

Quando, mais tarde, soube que o corpo já estava no cemitério, Sérgio avisou Helião do velório. O amigo lamentou muito, mas não conseguiria chegar a tempo.

— Pô, mano. Eu tô aqui em Santo Amaro e vou demorar. Lá no São Luiz velório é sempre rápido, não vai dar para chegar a tempo do enterro. Me representa lá com a dona Gertrudes, mano!

— Pode crer!

Acompanhado pela mãe, passou na casa de Vera, que também fazia questão de ir ao enterro do filho de Gertrudes, mulher muito presente na comunidade.

Apressaram-se. No ônibus, as duas sentaram lado a lado, e Sérgio, no banco mais à frente.

Iam caladas. De repente, Vera rompeu o silêncio.

— Bastiana, que coisa horrível, hein?

— Nem fale! Fico pensando nos filho da gente.

— Eu também tô muito preocupada com eles. Inclusive, na próxima reunião do Orumilá, eu vou pedir pro Helião chamar nossos filho pro grafite.

— O Sérgio já cansou de chamar o Gera pra fazer o curso de DJ, mas santo de casa não faz milagre, né? Ele vive cantando *rap*, mas só fala em pichação.

— A mesma coisa acontece com o Toninho. Ele desenha muito bem, mas só quer saber de sujar o muro dos outro.

A conversa serviu para que as duas controlassem sua preocupação. Olhando para fora do ônibus, observaram que o tempo estava se fechando.

Chegaram mesmo debaixo de garoa. Vera e Sebastiana abraçaram Gertrudes carinhosamente. Ela estava inconsolável. Ao ver as amigas, chorou mais ainda.

Quando fecharam o caixão, Sérgio fez questão de segurar uma das alças para conduzi-lo ao túmulo. Havia pouca gente no cortejo: a mãe, o padrasto, dois irmãos, alguns vizinhos.

Nego Leco foi sepultado à tardinha sob fina chuva, em uma das muitas covas abertas para receber os mortos do dia. Baixado o caixão, apenas uma cruz marcaria o local da sepultura.

Ao olhar em volta, Sérgio tentou lembrar onde estava enterrado Zoinho. Acabou desistindo. A chuva tinha aumentado. Como a sepultura dele ficava numa encosta, a enxurrada das chuvas dos últimos dias certamente teria arrastado a cruz.

Na saída do cemitério, Sérgio, Vera e Sebastiana esperaram um bom tempo na recepção, até que a chuva acalmasse.

Vera olhava em silêncio para o vazio. Lembrava-se de Gilmar, seu marido, enterrado em uma daquelas covas. Como doía lembrar o dia da sua morte. Saíra de casa para trabalhar, como sempre, e dois pivetes, no assalto ao ônibus urbano que ele dirigia, o mataram.

— Vamos indo, dona Vera? — Sérgio interrompeu aquelas lembranças. — Seu Gilmar, Zoinho, o William, irmão do mestre Kapetinha, Nego Leco, Mano Cris, o Billy, o Sabota... Tanta gente, né, dona Vera?

— Parece que você adivinhou meus pensamento!

Foi a única frase que disse. Tomaram em silêncio o ônibus pro Capão Redondo, cada um pensando em seus mortos.

---

6 FALO E ACABOU, TÁ LIGADO?

Toninho trabalhava numa loja de CDs no Largo Treze, em Santo Amaro. Saía cedo de casa e voltava à noitinha. Levava marmita e almoçava por lá mesmo. Quando Edite, com ajuda de uma amiga, arrumou para ele o emprego, Toninho gostou muito. Afinal, imaginou que fosse ouvir *funk* e *rap* o dia inteiro.

No entanto, Gumercindo, o patrão, preferia só tocar música sertaneja e ritmos nordestinos para atrair os clientes.

Além disso, o homem era grosseiro, implicava com qualquer coisa. Se Toninho chegasse atrasado, se ficasse de boné dentro da loja, se usasse o telefone, ele reclamava. Porém, o que mais o deixava irritado era o fato de Gumercindo chamar a sua atenção na frente dos fregueses.

Quando não tinha nada para fazer, Toninho pegava um papel de embrulho da loja e desenhava. Se Gumercindo visse, era motivo para sermões intermináveis.

Outra coisa que ele detestava era que Gumercindo não podia vê-lo parado que o mandava varrer a frente da loja. Nessas horas, Toninho queria morrer de vergonha.

Com o tempo, ficou insuportável para o garoto trabalhar ali. Só se sentia bem quando o patrão saía para almoçar. Aí sim ele podia ouvir seus *funks* e *raps* preferidos. Detestava a monotonia de ficar ali, atendendo clientes chatos e suportando o mau humor do dono da loja.

Adorava os finais de semana, quando se encontrava com os amigos e saíam para os *points* de picho, ou iam diretamente pichar na madrugada, a adrenalina no sangue, o desafio de escalar os prédios mais altos.

Em vez de estar ali o dia todo, às vezes ele desejava levar a vida como Betão. Apesar de o amigo já ter passagem pela Febem, Toninho o admirava, de certa maneira. Não tinha que aguentar chateação de horário, bronca de patrão, salário magro no fim do mês que mal dava para pagar o ônibus. Pra que trabalhar, então?

No dia seguinte, Toninho quase chegou atrasado, de tanto tempo que levou esfregando o rosto para tirar o resto da pichação. Infelizmente, ainda havia marcas da tinta.

Gumercindo o esperava na porta, com cara de poucos amigos.

— Por que o senhor não veio ontem? — o patrão falou alto, nem respondendo ao seu bom-dia.

"Não vim porque eu fui pichar o muro de uns bacana que nem o senhor, e os gambé me prenderam, entendeu? E vê se não enche o meu saco que hoje tô na pimenta!" Era isso que Toninho gostaria de ter dito, mas não ousou dizer. Em vez disso, mastigou uma resposta humilde.

— Não vim porque minha mãe precisou...

— O que é essa marca na sua cara? — indagou, observando o rosto do funcionário.

— É... uma brincadeira de um considerado... — Toninho tentou justificar, mas sentia que não convenceria. Já tinha lavado várias vezes o rosto, mas ainda ficaram vestígios da tinta.

— Isso é picho. Você é pichador. — Gumercindo percebeu o que acontecera. — Mas claro! Agora entendi! Você faltou ontem porque foi preso e os guardas te picharam como aconteceu com o empregado da loja ali da esquina...

Toninho sabia que ia ouvir um extenso sermão. Já tinha ouvido tantas vezes o patrão falar mal de quem pichava. Vivia dizendo que tinha pintado várias vezes a frente da loja por causa desses "marginais da periferia", como os chamava. Marginais nada, pichar era adrenalina na veia! Só quem era pichador sabia como era excitante sair na madrugada, correr risco de subir nos picos, equilibrando-se, segurando-se precariamente no alto dos prédios com uma mão, na outra, a lata de *spray*, o jato de tinta cobrindo a parede em branco, deixando a marca da tribo nos lugares mais radicais! Marginal era ele, que roubava do governo, pois sonegava imposto direto e reto!

— E o que é que eu ganho, me diga? — Gumercindo percebia que Toninho não o ouvia. — Me diga o que eu ganho ajudando favelado?

— Favelado? Quem falou que sou favelado?

— Até nisso você mentiu pra mim! Falou que morava aqui em Santo Amaro, mas eu sei que você é maloqueiro lá das bandas do Capão Redondo, do Jardim Ângela, sei lá!

Se Toninho ficasse quieto, pedisse desculpa pela falta, certamente Gumercindo ia ficar nervoso, mas relevaria. Porém, as palavras quase gritadas do patrão o irritaram tanto que, quando o homem o chamou de favelado e repetiu mais uma vez que pichador era safado, bandido, sujador de paredes, Toninho explodiu:

— Pois quer saber? Eu sou pichador sim, tá ligado? E sou da periferia. E o senhor não tem que meter o nariz na minha vida. O que eu faço lá fora é problema meu. E picho não é sujeira não. É a marca da gente que fica na parede, nos muro e...

— Não fala assim comigo, seu pivete! — Gumercindo, irado, interrompeu seu funcionário.

— Falo sim e acabou, tá ligado? — Toninho levantava a voz, enfrentando o patrão.

— Eu tô ligado, mas quem tá desligado a partir de agora é você, neguinho sem-vergonha! Rua! Rua!

— Então, me paga o salário, que venceu faz três dia...

— Não vou te pagar nada! Fora daqui! Anda! Anda...

7 NÃO METE O NARIZ NA VIDA DOS OUTROS

Toninho saiu da loja e não sabia para onde ir. Ir para casa? Mas o que dizer para sua mãe? Que havia sido despedido porque tinha discutido com o patrão? E qual seria a reação dela ao saber que o bate-boca foi por causa da pichação? Não! Teria que arrumar outra desculpa. Sua mãe e Edite dariam razão a seu Gumercindo, claro! O que alegar em casa? Que o patrão o despedira porque as vendas caíram? Não colaria também!

Andando pelas ruas, Toninho olhava o movimento, absorto, sem saber o que fazer da vida. Pensando bem, não precisava ter dito aquilo! Poderia ter contornado a situação, ficar calado, engolir sapo. Sua mãe não vivia dizendo que trabalhar é engolir sapos? E o orgulho dele? Tinha lá cabimento voltar, entrar na loja, fazer cara de bonzinho e pedir outra chance? Mas ele era culpado de quê? De nada! Se não fosse aquele gambé!

Distraído, Toninho chutou uma latinha de refrigerante amassada, descarregando seu ódio. Tudo por culpa daquele gambé desgraçado!

A latinha, projetada pelo pontapé certeiro, foi de encontro ao muro em frente. Foi nesse instante que Toninho observou a pichação feita ali. Era dos Deltas, uma gangue famosa de pichadores. Quando os seus integrantes chegavam nos *points*, todos reverenciavam a sua coragem e determinação. Não foram eles que tinham deixado sua marca no Banespa do centro, numa ação ousada toda vida? Picho é isso! Não é sujar a cidade, mas deixar a marca por onde se passa. Afinal, quer coisa mais sem graça do que um muro em branco?

Perambulando pelas ruas de Santo Amaro, Toninho teve fome. Mas o que fazer? A marmita, agora ele se dava conta, havia ficado na loja. Voltar lá para buscá-la? Jamais! Esse gostinho ele não daria a seu Gumercindo! Mas era preciso comer. Tinha no bolso uns trocados, mas era melhor não gastar. Com o desemprego, certamente o dinheiro faria falta. Decidiu pegar o ônibus e voltar pra casa. No caminho, ruminava o ódio contra o patrão.

Ao chegar a casa, Toninho não tinha dominado ainda sua raiva. A vida para ele era só humilhação. Pegou, então, uma folha de papel, sentou-se na pequena mesa da cozinha e começou a desenhar. Com traços rápidos, ele ia criando caricaturas da figura de Gumercindo.

Distraído, não percebeu a entrada de sua mãe, que parou às suas costas, observando o que ele desenhava tão entretido. Ela percebeu que ele caricaturava o patrão e com isso pressentiu, então, que o filho tinha sido despedido.

— Uai, filho, chegou cedo?

Pego de surpresa, Toninho quis recolher os desenhos, mas era tarde.

— É, cheguei mais cedo!

— Cadê sua marmita? Já lavou? Que bom! Pelo menos a esfrega na delegacia teve algum efeito! — Vera sorriu, mas preocupada.

— Tem marmita lavada não, mãe! Deixei ela no serviço. Fui despedido só porque o patrão descobriu que eu sou pichador.

— Mas ele não pode te despedir assim, sem justa causa, sem um motivo forte.

— E tem mais. Ele me chamou de neguinho sem-vergonha e ainda falou que não vai pagar o que me deve. Isso não é racismo, mãe? — Toninho sabia como ter a mãe de seu lado. Ela era muito sensível às denúncias de racismo e às injustiças.

— Lógico que é. Isso merece ser denunciado. Alguém ouviu essa conversa ou você tava sozinho com ele?

— Tava sozinho.

Vera sabia que seria inútil uma denúncia neste sentido. Dificilmente poderiam acusar o patrão de crime racial sem testemunha.

— Me conta direito essa história, filho!

— Eu conto como foi, mãe! — Edite apareceu à porta naquele momento. — O Sérgio foi me buscar no serviço, e na volta a gente encontrou a Rosicleide, minha amiga que arrumou o serviço pro Toninho. Ela me falou tudo o que aconteceu... Seu Gumercindo contou pra ela que o Toninho desrespeitou ele, dizendo que era pichador mesmo e que ele não tinha nada com isso. E que da porta pra fora o patrão não tinha que meter o bedelho na vida dele.

— Falei nada, nem sei o que é isso... O que ele não pode é ficar metendo o nariz na minha vida.

— Mas você falou de que jeito, filho? Se falou com respeito é uma coisa, se falou com petulância, já é diferente. Não é discutindo com ele que você vai provar isso ou aquilo. A gente já sofre todo tipo de discriminação: pela cor da pele, por ser pobre....

— E a senhora sabendo de tudo isso ainda dá razão pros cara, mãe! Fui pego pela polícia, e vocês dão razão pros polícia. O patrão me xinga de neguinho sem-vergonha, me manda embora, e eu que sou o culpado? Tudo eu? Tudo eu? — Toninho se levantou da mesa bruscamente e, entrando no banheiro, bateu a porta.

— Volta aqui, Antônio Clodoaldo! — Vera gritou, levantando-se para ir atrás do filho.

— Deixa pra lá, mãe! Senta aí! A senhora vai ficar mais nervosa ainda. Cuidado com a pressão!

Vera procurou se controlar. Respirou fundo e tomou uma resolução:

— Amanhã eu vou pra Moema passar roupa no apartamento da menina Laura. Antes, aproveito, desço em Santo Amaro e vou até a loja de discos tirar isso a limpo... — Vera sentou-se, resoluta.

— Eu queria ir com a senhora, mas não posso faltar...

— Eu vou sozinha, Edite! Pode deixar.

Naquela noite, Toninho tomou uma decisão. Pegou alguns livros, saiu para ir à escola, mas mudou de direção. Levava uma lata de *spray* entre os livros. Caminhou até o ponto de ônibus e foi para Santo Amaro.

Ia sozinho, apenas o ódio era seu companheiro. Passou na casa de Betão para chamá-lo, mas o amigo de infância não estava. Tinha saído com Gerson. Aliás, Betão estava agora muito mais próximo de Gerson e sua turma do que de Toninho. Talvez fosse melhor mesmo ir sozinho. Afinal, era ele próprio quem tinha que resolver aquele problema.

No dia seguinte, como havia prometido, Vera saiu cedo de casa. Antes de ir para o trabalho, passaria na loja, conversaria com o patrão de Toninho, poria tudo às claras. Afinal, não se vai xingando o filho dos outro assim e despedindo-o sem justa causa! Onde já se viu tratar uma pessoa dessa maneira?

Ela, que sempre lutou contra o racismo, no seu trabalho na comunidade, sentia agora na pele o que era isso.

Ia ruminando essas ideias, quando desceu no Largo Treze, em Santo Amaro. O que leu na fachada da loja de CDs, ali perto, a desarmou. Em letras garrafais, estava pichado:

NÃO METE O NARIZ
NA VIDA DOS OUTROS

Por alguns segundos, Vera ficou parada na porta, sem saber o que fazer. Diante da surpresa, o que ela havia planejado falar caiu por terra. Como pedir o acerto de contas a que seu filho tinha direito, se estava claro que aquele picho fora feito por ele?

Vera sem dúvida era uma mulher justa. Tinha ido até lá em defesa do filho, mas agora sentia que seu papel de mãe era cobrar de Toninho a responsabilidade por seus atos. Jamais poderia argumentar em favor do filho diante da obviedade do picho.

Pensando nisso, entrou decidida na loja. Gumercindo a atendeu. No início, de maneira ríspida, enfurecido que estava com o vandalismo praticado pelo ex-funcionário.

A mãe de Toninho reclamou da maneira truculenta com que ele mandara seu filho embora, inclusive ofendendo-o. Por outro lado, ela reconhecia que o filho tinha perdido a razão ao pichar a frente da loja.

Gumercindo, então, pediu desculpas, alegando ter ficado nervoso com a maneira agressiva de Toninho responder a ele. Vera também pediu desculpas pelo ato do filho, acalmou-se e entraram num acordo. Combinaram que o pagamento de Toninho seria feito, mas descontando o valor das tintas para repintar a fachada da loja.

Chateada pelo ocorrido, tomou o ônibus para Moema. Sabia que tinha muita roupa para passar na casa de Laura e já havia perdido boa parte da manhã.

8 EU DISSE QUE IA DAR B.O.

"Plim, plom!"

Quando Laura abriu a porta do apartamento, deparou com a diarista cabisbaixa.

— Que foi, dona Vera? As pernas pioraram?

— Não, filha. Até que eu convivo bem com as varizes.

— Então aconteceu alguma coisa com a Edite?

— Não, com a Edite não. Ela é responsável. Trabalha na fábrica de tecido, tá de namorico com um moço muito bom lá do bairro. Até faço gosto que namorem. Mas o meu menino!... — Vera, até então contida, não conseguiu controlar o choro.

Embora estivesse de saída, Laura, vendo que sua passadeira estava deprimida, convidou-a para se sentarem à mesa da cozinha.

Desde menina, Laura aprendera com sua mãe a admirar a luta de Vera. Depois da morte do marido, aquela mulher assumiu bravamente o papel de pai e mãe. Embora a perda tenha se dado de maneira trágica, Vera não se abateu. Continuou a ser a profissional dedicada de sempre.

Vera aproveitou a atenção dispensada por Laura e desabafou, contando as estripulias de Toninho, suas crises de adolescência, o episódio na delegacia, o picho que ele acabara de fazer na loja de discos, o que a deixou sem ação; enfim, suas preocupações com o filho.

— Dona Vera, vamos ver o que eu consigo. Eu faço questão de ajudá-la. Fale para ele me procurar amanhã mesmo.

— Amanhã não, que ele tem o que fazer...

— Então, depois de amanhã, está combinado? Eu espero ele lá no escritório.

— Menina Laura, tomara que você arrume alguma colocação pra ele. Com ele empregado, alivia mais nas conta lá de casa. Muito obrigada, minha filha!

— Que é isso, dona Vera! O que eu puder fazer pela senhora, eu faço!

* * *

Nesse ínterim, Toninho tinha ido à casa de Gera. O amigo não havia chegado da oficina mecânica. Toninho, então, ficou batendo bola na esquina com os irmãos de Gera. Não demorou muito, Beó se aproximou, e Toninho percebeu que ele mancava. Imediatamente, abandonou o futebol e veio ao encontro do amigo.

— E aí, truta, ainda não sarou o teu pé?

— Ainda não, mano.

— E tua mãe, pegou pesado?

— Ela me deu uns tapa, mas tirei de letra.

— E eu perdi o emprego.

— Verdade, mano? Como foi isso?

— Eu cheguei pra trabalhar e o patrão me perguntou por que eu tinha faltado. Aí eu falei, na lata, que eu tinha ido pichar o muro dos bacana que nem ele, mas que os gambé tinha aparecido.

— Mas você falou assim, no gogó? Nem engasgou?

Toninho ia continuar fantasiando sobre sua demissão, quando a conversa foi interrompida por Gera, que cantava um *rap* dos Racionais. Sempre chegava no grupo cantarolando. Não deixava ninguém ficar triste perto dele. Fazendo graça, segurava um microfone imaginário, como se estivesse no palco de um *show* de *rap*.

— E aí, mano, chega chegando! — Toninho estendeu a mão para cumprimentar o amigo.

Os três se queriam bem. Eram amigos mesmo, principalmente porque já tinham vivido várias experiências juntos. Essa de serem apanhados pelos policiais, então, tinha sido pra unir de vez.

De repente, Gera contraiu o rosto ao ver que alguém se aproximava da roda. Era Luquinha, que, ao vê-lo, cobrou do amigo.

— Cadê meu *skate*, cumpade?

— Pô, cara, nem te conto. Os gambé apetitoso me roubaram.... Não foi verdade, gente? — Gera pedia a cumplicidade dos amigos.

— Se vira que cê não é pastel! Eu quero o meu *skate* e tá acabado! — Luquinha era diminutivo apenas no nome. Fisicamente, era o mais corpulento deles e se mostrava bastante agressivo.

— Cê sabe que é um monte de irmão lá em casa. Não dá pra eu descolá uma grana fácil e...

— Te dou até o final de semana procê se virar, tá legal? Senão eu vou encaixar um *nosegrind* no meio da tua fuça, deslizar pelo teu nariz como eu deslizo pelos corrimão.

Quando Luquinha se afastou, todos se preocuparam com Gera, mas não puderam conversar a respeito porque naquele momento três meninas viraram a esquina. Uma delas era Aline. Beó cutucou Toninho e olhou na direção das garotas.

— Olha lá quem tá no pedaço, rapá! — e os três pararam de conversar, olhando para elas.

Aline e suas amigas eram colegas de classe deles. Cumprimentaram-se, trocando beijinhos no rosto, como de costume. No entanto, Toninho, ao sentir a aproximação de Aline, o rosto dela próximo do seu, o perfume... encabulou-se.

— E aí, como foi lá na delegacia? — Patrícia perguntou, interessada.

— Como vocês souberam que deu B.O.? — Gera surpreendeu-se.

— Cês tão na boca do zé-povinho. Tá todo mundo comentando — Marina falou.

— Os gambé quis tirar uma com a nossa cara, mas saímo por cima — Gera mentiu.

Aline não comentou nada a respeito. Ela detestava que os colegas pichassem. Resolveu mudar de assunto:

— Vocês vão na aula hoje? — perguntou a Toninho, que não soube o que responder.

— Acho que vamo sim — Beó salvou Toninho, que estava acanhado.

— E é bom ir mesmo, porque hoje tem prova de Matemática! — Patrícia sorriu da cara de espanto que Beó fez.

— Então o bicho vai pegar! Não estudei nada!

— É, mano, *a Matemática na prática é sádica. Reduziu meu povo a um zero à esquerda, mais nada. Uma equação complicada, onde a igualdade é desprezada...* — Gera cantarolou o trecho de um *rap* conhecido de todos.

E os colegas completaram no embalo do som do *rap*:

Matemática, na prática,
subtração feita de forma trágica
onde a divisão é o resultado
e a adição são os problemas multiplicados...

— Esse *rap* do GOG é mil grau, né? — Gera sorria, contente por eles o acompanharem no embalo do *rap*.

— Então, até daqui a pouco, galera, que ainda temo que passar na casa do Helião! — despediu-se Aline, afastando-se com suas amigas.

— O que foi, Toninho, você parece mané! Ficou caladão, nem cantou com a gente — Gera ria, e Beó aproveitava para provocar Toninho, gargalhando também.

— Ele tá parado na da Aline, não percebeu, Gera?

— Vê se não enche, pô! — Sem saber o que dizer, Toninho estava mesmo sem graça. — E ocê, que tá parado na da Marina e fica pelos canto com ela no recreio? Cê acha que ninguém percebeu? — desviou Toninho, referindo-se ao relacionamento não assumido de Beó com a colega de classe.

— Se cruzar com a minha mãe, vê se não comenta isso, que ela já tá invocada comigo e vive falando que eu não estudo por causa de mina.

Foi aí que a presença de alguém gargalhando veio mudar mesmo o rumo da conversa. Betão se aproximou do grupo.

— E aí, pessoal, todo mundo salvo?

— Não, não tá não, malandro! Cê deu a ideia de pichar naquele lugar e na hora do perrê se mandou — ia falando Gera, quando foi interrompido por Beó.

— Eu disse que fazer aquele picho ia dar B.O...

— Você que é muito bundão, cara! Ficou demorando miliano pra pular da marquise.

— E você, que correu de medo? Cê também não é bundão? — Gera, inflamado, tomou a defesa de Beó.

— Eu ia ficar lá esperando os gambé me levar pra Febem de novo?

— Calma, rapaziada! Vamo pegá leve. Pensa comigo. Foi até bom o Betão vazar. Se ele fica na área, os gambé puxa a capivara dele, confirma que ele tem passagem e nóis ia tudo pra Febem com ele. Legal, né? — Toninho raciocinava com a turma.

Beó e Gera se calaram, embora não concordassem com o argumento de Toninho.

— O que cês tavam falando com as mina? — Betão quebrou o silêncio.

— Bobeira, nada não! — Gera respondeu, contrariado.

Toninho percebeu que Betão estava interessado em Aline. Como ele era bonito, corpo bem definido, ombros largos, um dos negros mais considerados do bairro, Toninho viu que não dava mesmo para disputar Aline com ele.

Além do mais, o amigo era mais velho, mais ousado. Aliás, foi por isso que ele se envolveu em um assalto a uma padaria, o que lhe custou uma passagem pela Febem. Depois que saiu de lá, Betão nunca mais foi o mesmo. Tinha mudado muito. Mas Toninho gostava dele desde criança. Mais ainda: admirava-o. Tinha por ele respeito e consideração. Então, já que ele estava interessado em Aline, Toninho deixaria o caminho livre.

— E o *show* vai sair, Gera? — Betão continuou a conversa, com seu jeito firme de saber das coisas e liderar a situação.

— Vai, sim, mano! Depois a gente troca uma ideia sobre isso. Agora vamo dar linha porque temo que comer e ir pra escola. — Gera desconversou, tratando Betão com indiferença.

— Então, salve aí, rapaziada! — Toninho aproveitou para se despedir também.

Gera atravessou a rua, subiu os degraus do prédio e entrou em seu apartamento. A imagem de Luquinha entrou com ele, na cabeça. Como faria para arrumar o *skate*? Pediria para Sérgio? Não, certamente não. Depois do que tinha acontecido naquela madrugada, ia ser apenas motivo para mais um sermão.

Seus amigos também se dispersaram e Betão virou à esquerda, em direção ao bar do Lemão, onde certamente seu pai já estaria bêbado.

Toninho e Beó seguiram juntos, já que a favela em que morava Beó não era longe da casa de Toninho. No caminho, os dois não disseram nada. Era como se estivessem sozinhos. Durante boa parte do trajeto permaneceram calados. De repente, Toninho soltou uma pergunta no ar:

— Beó, quem é esse tal de Helião?

— Como assim? Por que cê tá me perguntando do Helião agora?

— Foi a Aline que falou dele.

— Ah não! Não me diga que cê tá quieto porque tá com ciúme da Aline com o Helião? — Beó disparou a rir.

— Não, quer dizer, na verdade, eu... — Toninho se atrapalhou todo.

— O Helião é o chefe da *crew* dos No Toy, a turma de grafiteiro. Tua mãe até conhece ele lá do Orumilá.

— Ah, é mesmo! — Toninho ficou aliviado, rindo também do próprio esquecimento. Já tinha ouvido falar do Helião, um sujeito, aliás, bem mais velho do que eles.

— Agora, falando sério. — Beó aproveitou a oportunidade que Toninho deu e perguntou diretamente: — Cê tá grilado mesmo é com o interesse do Betão pela Aline, né?

— Ô mano, deixa pra lá!

— Pô, a gente já fez tanta parada junto, tantos rolê na quebrada, cê já segurou a minha barra também lá na escola...

Realmente, Toninho foi o primeiro com quem Beó fez amizade logo que se mudou para a favela. Por isso, não tinha motivos para esconder nada do companheiro. Mesmo porque Toninho já não aguentava mais guardar segredo do seu interesse, do seu encantamento por Aline. E desabafou.

— Eu tô colado na dela mesmo, mano! Passo um tempão pensando nela antes de dormir.

— É, outro dia eu percebi que cê tava dando uma de migué pra cima dela, fingindo que não sabia umas conta só pra ela te ajudar. O que você precisa é abrir o jogo com ela.

— Sei não! O Betão tá parado na dela e... não dá pra competir com ele. Mesmo porque mulher de amigo meu pra mim é homem.

Em seguida, como se arrependesse de ter contado a verdade, Toninho pediu:

— Cê vai segurar essa, né? Num conta pra ninguém, hein, mermão!

— Não esquenta! Vou até parar de tirar sarro de você! E sabe o que mais? Tô torcendo por você nessa parada.

— Valeu, cara! E você, como é que tá com a Marina?

— Nada sério, só rolê!

9 ANTÔNIO CLODOALDO, VENHA CÁ!

Enquanto Toninho e Beó trocavam confidências, Sérgio esperava por Edite no ponto de ônibus mais próximo da casa dela.

Quando desceu do ônibus, estranhou que ele estivesse ali.

— Você por aqui?

— É, eu tava passando e resolvi te fazer uma surpresa.

— Ai, que gracinha! Adorei!

Os dois caminharam em direção à casa dela. Falavam do dia a dia. Edite estava contente porque conseguira trocar a falta do dia anterior pela folga do sábado. Ele, por sua vez, também estava contente. Tinha arranjado um espaço para fazer o *show* de *rap*.

— Nem bem arrumamo o espaço, já tem uma pá de grupo querendo mostrar sua rima. Tem até um grupo do interior, o Consciência X Atual, que é de uns considerado do Helião, que vai colar com a gente.

Quando pararam na porta da casa, ainda falavam sobre os projetos que ele tinha em mente.

— Sabe que eu me amarro no seu jeito de pensar? Você pensa umas coisa, corre atrás e faz acontecer. — Edite se encantava com o poder de liderança de Sérgio.

— É, eu tenho trocado umas ideia com o Helião e a gente sabe que dá sim pra juntar a rapaziada aqui da quebrada, formando uma família. Por exemplo, tem muito *rapper* que nem eu que faz suas letra e não tem onde cantar. Tem os menino do curso de DJ que a gente dá lá no Centro, que sabem tirar um som legal da *pickup*, do toca-disco, entendem tudo de som, mas que não têm uma festinha para mostrar seu talento.

Sérgio se entusiasmava com a ideia de reunir os *rappers*, os DJs, os grafiteiros e os *b.boys*, dançarinos do *break*, em torno de uma ideia só de uma família. E falava pelos cotovelos.

Encantada com a ousadia dele, Edite calou a voz de Sérgio com um beijo. Ele ficou surpreso, mas aceitou o carinho, prolongando o contato.

Ainda estavam envolvidos, quando Vera chegou a casa. Edite percebeu que sua mãe estava nervosa.

— Como vai, dona Vera? — Sérgio cumprimentou, sem jeito.

— Vou bem! — e, dirigindo-se à filha, perguntou rispidamente: — Cadê o seu irmão?

— Acho que ele não tá aqui não. Mas, credo, mãe, o que aconteceu? Até pensei que... — Vera entrou, deixando Edite falando sozinha. Ela, então, despediu-se do namorado: — Sérgio, você me desculpa, mas preciso saber o que tá pegando.

— Será que ela não gostou de ver a gente se beijando? — disse ele, já caminhando para fora.

— Não, ela gosta muito de você. É o Toninho, que continua dando trabalho.

Vera, assim que a filha entrou, contou, ainda nervosa, o que Toninho tinha feito.

— Mas a senhora tem certeza que foi ele que pichou?

— Lógico que tenho! Tava lá escrito pro patrão dele não meter o nariz na vida dos outro. Igualzinho ele falou aqui em casa.

— Então é ele sim!

— Lógico que é ele! E eu não conheço o filho que tenho?

Naquele instante, Toninho entrou em casa apressado. Pensava em jantar, mas desistiu. Quando ouviu que falavam dele, pegou os cadernos, já ia ganhando a rua, mas não deu tempo...

— Antônio Clodoaldo, venha cá!

— O que foi, mãe? Fala logo que tô com pressa, porque hoje tem prova de Matemática e eu... — Toninho respondeu rápido, querendo se livrar da conversa.

— Amanhã o senhor vai pintar a fachada da loja do seu Gumercindo.

— Pintar o quê? Mas... — Pego de surpresa, ele queria um tempo para pensar em uma desculpa. Como será que sua mãe ficara sabendo do picho na loja? Alguém o teria visto pichando e fora caguetar?

— Cala a boca! Você não tem o direito de falar nada. Fui lá na loja do seu Gumercindo pra te defender e acertar a conta e acabei passando a maior vergonha com a pichação que o senhor fez lá. Por isso, amanhã cedo...

— Mas eu não sei pintar! — ele gaguejava uma justificativa qualquer.

— Não tem muita diferença de pichar. Pelo menos você não vai preso por isso. Pode ser até que você goste da coisa e se torne um pintor! — Edite ironizou.

A vontade de Toninho era mandar que ela calasse a boca, mas ficou quieto. Certamente sua mãe tomaria a defesa da irmã e o caldo entornaria mais ainda.

— Pois vai aprender. Assim aprende também a respeitar as coisas dos outro. E tem mais. Depois de amanhã, você vai ao escritório da menina Laura, que ela quer conversar com você.

— O que ela quer comigo?

— Ela ficou de arrumar serviço pra você. E agora pode ir fazer a prova e vê se tira nota, porque, se com estudo já é difícil arrumar emprego, sem estudo é que você não vai pra frente mesmo.

Na escola, Toninho se esquivou da conversa com os amigos e assim que terminou a prova voltou para casa. Não saía da sua cabeça o que teria que fazer no dia seguinte.

Já em casa, ele praticamente jogou os cadernos sobre a cadeira, afastou a mesa da sala com um empurrão e armou a cama de vento. Droga de vida! Quando ia ter dinheiro para comprar pelo menos uma cama? Poder dormir num quarto de verdade? Nessas horas, até concordava com a vida que o Gerson e o Betão levavam. É verdade que não corriam muito pelo certo, fazendo umas paradas pesadas, mas estavam sempre de roupa nova, com dinheiro no bolso, relógio da hora. Ele não, só trabalhando direto, mas sem ao menos uma cama decente pra dormir!

Não dormiu logo. Ficou revirando na cama, olhando as paredes sem reboco, imaginando o vexame que passaria se alguém da turma soubesse que ele teria de pintar a frente da loja.

Foi com relutância que, no dia seguinte, pela manhã, Toninho se apresentou na loja de CDs. Gumercindo o esperava com um sorriso que ele interpretou como irônico. Mas não disse nada. Cumprimentou o ex-patrão secamente. O homem mandou que fosse comprar lixa, tinta, rolo; enfim, os apetrechos de pintura, numa loja ali perto.

— Toma o dinheiro. Depois eu desconto no acerto — o patrão disse.

Toninho quis reclamar, mas lembrou que aquilo já estava combinado com sua mãe.

Com má vontade, comprou o material e pôs-se a retocar o que havia pichado. E agia rápido, com pressa de terminar. Deu uma demão de tinta sobre o picho e já ia dando o serviço por encerrado, quando Gumercindo o interrompeu.

— Mas não é assim que se faz! Você primeiro precisa lixar o pichado, dar o tratamento na parede para depois pintar.

Toninho demorou horas para terminar o serviço. Além do ódio que sentia por ter de pintar o que tinha pichado, achava a tarefa sem sentido. Enquanto o rolo deslizava pela parede no vai e vem, começou a pensar. Ah!, se ele pudesse usar tintas de várias cores para desenhar uma charge bem irônica! Desenharia a cara balofa do seu Gumercindo soltando fogo pelas ventas, ou então a caricatura com ele atrás das grades, preso por ter sido flagrado sonegando imposto.

Enquanto essas ideias o distraíam, Toninho ria sozinho. Só assim conseguiu suportar o duro trabalho. Quando terminou, estava exausto e sujo.

Ao chegar à sua casa, por volta das três da tarde, Toninho evitou ir ao quintal para conversar com a mãe. Estava com raiva dela. Culpava-a pelo ridículo que passara. Ligou a televisão, recostando-se no pequeno sofá. Sua mãe, percebendo que ele estava ali, veio conversar.

— Deu certo, lá?

Não obteve resposta. Observando melhor, Vera percebeu que ele, exausto e sujo, tinha caído no sono.

***

No dia seguinte, o garoto se apresentou no escritório de arquitetura de Laura.

— Toninho, como você cresceu, menino! — Laura recebeu-o sorridente. — Faz tempo que eu não te vejo. Gosto muito de vocês, mas sua mãe me contou das suas artes por aí... Estou disposta a te ajudar, te dar uma oportunidade, desde que você prometa que não vai mais dar trabalho pra sua mãe.

— Ela fica falando que eu sou desandão, mas não sou não! Qual o serviço que tem pra fazer aqui? — Toninho perguntou, meio irritado.

A arquiteta notou a rispidez na voz de Toninho, mas não disse nada. Com o tempo ele se adequaria. Mostrou o escritório, apresentando-o aos funcionários. Depois, deixou-o na sala de Cristina, sua secretária, para que ele se inteirasse sobre o serviço.

10 POR QUE VOCÊ NÃO FALA DO ZUMBI DOS PALMARES?

Toninho até se entusiasmou com o novo emprego. Se nas primeiras horas estava ressabiado, deslocado, com o passar do dia foi até gostando. O pessoal do escritório era simpático.

À tardinha, de volta do escritório, estava contente. Sua mãe o esperava.

— Nossa, como você demorou!

— Eu fui lá conversar com a dona Laura e já fiquei no serviço — ele respondeu, voltando às boas com a mãe.

— Pensei que você só ia conversar. Então, ela arrumou serviço pra você?

— Arrumou. O outro *office boy*, a secretária me disse, saiu pra ganhar mais em outro emprego. Vou ficar no lugar dele.

— Que bom, meu filho! Fico contente! Agora, enquanto você se arruma pra ir na escola eu vou na reunião do Orumilá.

No Centro Comunitário, Vera expôs ao grupo suas preocupações com o filho. Helião quis ver os desenhos que ela havia trazido. Entre caveiras e monstros fantasmagóricos, havia a caricatura do patrão. Helião entusiasmou-se com o traço firme de Toninho. Embora ainda imaturo, seu esboço era original.

— Dona Vera, ele tem muito talento! Olha como o traço dele tem personalidade. No que eu puder ajudar, conte comigo! Vou tentar uma aproximação com ele.

***

Naquela noite, na frente da escola, os alunos chegavam e Beó apareceu com um *skate* novo. Sorrindo feliz, gritou para Gera:

— Aí, mano, tá na mão! Entrega lá pro apetitoso do Luquinha e paga o que deve, tá ligado?

— Mas como conseguiu dinheiro? Você não tem onde cair morto.

— Arrumei uma grana com a minha mãe.

— Puxa, mano, nunca vou esquecer que você livrou minha cara. Assim que eu puder, eu te pago, falô?

— Não esquenta não. Truta é pra essas coisa! — garantiu Beó, já se afastando para entrar numa das salas.

Toninho se aproximou e, ouvindo o fim da conversa, elogiou o gesto de Beó.

— Eu até tentei te arrumar uma grana, Gera, mas tô de trampo novo.

— É, onde? — Gera quis saber.

— No escritório de uma das patroa da minha mãe. Trampei o dia todo, sem parar, cara! Mas me conta sobre o *show*.

— Meu irmão conseguiu um galpão grande de uma fábrica fechada. Agora eles tão ensaiando lá no Orumilá.

— Legal que o Sérgio conseguiu. Assim, a gente vai pelo menos ter diversão aqui na quebrada.

— Então dá pra avisar a rapaziada? — Aline, sentada perto dos dois, entrou na conversa e Toninho adorou ver o seu interesse.

— Pode sim, Aline! Amanhã, lá no Centro Comunitário, já começa a sair na rádio.

— Se eles tão lá ensaiando, por que a gente também não vai amanhã ver? O que cê acha? — Beó sugeriu a Toninho.

— Legal, meu! — o colega respondeu, lançando um olhar convidativo para que Aline os acompanhasse.

Na sala de aula, o novo professor de História reclamou do barulho.

— Vamos fazer silêncio, vocês aí atrás? Estou falando do período imperial, da princesa Isabel, da Lei Áurea, um ponto importante, e vocês tagarelando?

Gera olhou para Beó, que olhou para Aline, que olhou para Betão, que olhou para Patrícia. Todos, ao mesmo tempo, olharam para Toninho. Ele, se sentindo fortalecido pelo grupo, resolveu desafiar o professor.

— Você já é o terceiro professor em três mês de aula, cara! Já mudaram o de Português e o de Matemática!

— Isso não justifica a conversa aí atrás — o professor retrucou.

— É, mas nóis também tamo falando de história, professor!... — Beó conseguiu tirar uma risada da classe toda.

— É mesmo, gente! Tamo falando da nossa história, da história do que tá acontecendo aqui no Capão... — Aline, pegando o mote de Beó, reforçou a discussão.

— Como assim? — Percebendo que poderia perder o controle da situação, o professor perguntou.

Todos, ao mesmo tempo, começaram a falar, tentando explicar o que estava acontecendo. Toninho, procurando pôr ordem na classe, pediu que o Gera falasse sobre o *show*.

— É o seguinte, professor! Nóis vamo ter um *show* de *rap* domingo. Por isso é que a gente tá conversando.

— Eu que perguntei pro Gera sobre a divulgação e ele me falou que já ia sair na rádio — Aline assumiu a culpa da agitação da turma.

— Que rádio? — O professor demonstrava completo desconhecimento sobre a comunidade.

— A rádio comunitária aqui da quebrada, nunca ouviu falar?

— Não ouvi não... Eu sou de Santo Amaro. Só venho aqui dar aula.

O professor, então, ficou sabendo que na comunidade havia um centro comunitário organizado com muito sacrifício pelos moradores da redondeza. Soube também da importância da rádio comunitária para eles, das oficinas culturais do movimento *hip hop*; enfim, da efervescência cultural que nascia daquela gente.

— Legal, rapaziada! Mas agora vamos continuar a nossa aula? Eu tenho o programa a cumprir e isso vai cair na prova. Vamos lá!

— E o Zumbi, por que você não fala do Zumbi dos Palmares? — Aline questionou.

— Ele foi importante também, mas hoje a aula é sobre a Lei Áurea assinada pela princesa Isabel.

A aula terminou meia hora depois. Na caderneta do professor, ficaram princesa Isabel e a Lei Áurea. Não ficou a história dos quilombos, centros de resistência negra dos escravos fugitivos. No recreio, os alunos aproveitaram o portão destrancado e fugiram da escola para irem assistir ao ensaio do grupo de *rap*.

11 SÓ ESTE QUILINHO DE SAL?

Naquele domingo à tarde, Beó passou pela casa de Gera para irem os dois até a casa de Toninho. De lá, seguiriam juntos para o galpão onde o *show* de *rap* estava programado.

No caminho para a casa de Toninho, Beó notou que Gera estava quieto, calado, bem diferente do amigo extrovertido de sempre.

— Qual a bronca, mano? Um gato comeu tua língua?

Gera permaneceu calado.

— Você tá de treta comigo e eu nem tô sabendo? Vai ficar emburrado o tempo todo?

— Vou. Vou até você me falar onde aliviou aquele *skate*.

— Aliviei? Que é isso, mano! Tá me estranhando?

— Beó, se liga na fita, cara! Me desculpa aí, mas cê falou que arrumou a grana com a sua mãe. Na hora eu não me toquei, mas ela ganha uma miséria como todo mundo e aquele *skate* é da hora, mano! Quando eu entreguei pro Luquinha ele até ficou rindo sozinho. Ainda comentei com ele e ele me tirou, dizendo que você não tinha condição pra...

— Tá legal. Eu vou falar a verdade. Mas eu não aliviei nada não. Se minha mãe escuta você falando isso, nem sei o que ia acontecer comigo.

Beó contou que, no dia anterior, tinha ido comprar algo para sua mãe e, na porta do supermercado, uma ambulância socorria um *skatista* que tinha arrebentado a cabeça numa manobra impossível.

— O cara quis andar em cima de um corrimão que tem lá, errou o pulo e se esborrachou escada abaixo. Batendo a cabeça com toda força, ficou desacordado.

— E o *skate*?

— Quando eu cheguei, já tavam levando o cara e o *skate* tinha espirrado longe. Eu vi ele debaixo de um banco e lembrei o que tava pegando entre você e o Luquinha. Ia adiantar eu sair atrás da ambulância, gritando olha o *skate*, olha o *skate*?

— Não! — Gera riu do trejeito que Beó fez e relaxou.

— E se eu dissesse que achei o *skate* dando sopa numa praça, ia adiantar?

— Também não.

— Então, não me enche o saco, pô! Você já se acertou com o Luquinha, tá tudo zerado! Vamo atrás do Toninho.

A história contada por Beó seria verdadeira? Gera não tinha certeza. Parado, olhava Beó que, descomplicado, se afastava, fazendo sinal para que o amigo o seguisse. É, ele certamente não tinha roubado o *skate*! Gera resolveu acreditar nesse argumento. Era a maneira de acabar com a sua preocupação. Nem ele nem Beó se dariam mal e o problema estava resolvido. Isso mesmo! Estava resolvido!

Para Beó, saber que tinha solucionado o problema de Gera valorizava sua imagem perante a turma.

Gera e Beó chegavam à casa de Toninho. Quando ele apareceu à porta, os dois caíram na risada.

— Olha só a pinta do mano, meu! — Gera, já descontraído, apontava para ele.

Com boné de aba reta novinho, óculos escuros, uma bermuda nova e camiseta dos Racionais, Toninho ficou meio sem graça com o comentário.

— Manja só o boné e os óculos do bacana, Beó!

— E a bermuda e o camisão, então! O pleibói tá a mil grau.

— Aonde você pensa que vai assim tão bem-vestido? — Gera voltava à carga.

— Pô, rapá, salve, salve! Vocês ficam me tirando, mas tão é com inveja. Sabem que eu não sou desandão, tá ligado? — retrucou Toninho e, voltando a criar confiança, fechou o pequeno portão da casa. Atravessou a rua, sem esperá-los.

— Ei, ei, volta aqui, miguezão! Cadê o mantimento que tem que levar? — Gera reclamou, lembrando que a entrada para o *show* era um quilo de alimento não perecível, para ser doado à creche da comunidade.

Toninho voltou, foi à cozinha e pegou um saquinho de sal, a única embalagem fechada que havia no armário. O galpão não ficava muito longe. Quando chegaram, Patrícia e Aline os esperavam. Quer dizer, na verdade elas não esperavam só os três. Postadas na porta, recolhiam os alimentos trazidos por todos que chegavam.

Toninho foi o primeiro a ver Aline. Ela estava uma gracinha! Com shortinho vermelho e "aquela" blusa curta, que deixava a barriga aparecendo... Como se chama mesmo? Ela estava mais bonita do que normalmente.

— Manja só o boné e os óculos do bacana, Béo!

Aline, por sua vez, foi mais discreta. Notou a presença de Toninho, sua bermuda nova, seu novo boné, os óculos escuros; enfim, o capricho na vestimenta, mas fingiu indiferença.

— Toninho! Você trouxe só esse quilinho de sal? Que pobreza! — Ela sorriu, demonstrando não estar preocupada com a doação, mas fazendo graça para ele.

Toninho sorriu timidamente em resposta. Contente com o gracejo feito por Aline, entrou no recinto. Lá dentro, se aproximou da roda formada na frente do palco. Ali, ao ritmo das palmas cadenciadas e do som das caixas, jovens se desafiavam nas criativas batalhas de *break*.

Cada *b.boy* que entrava no centro da roda procurava ser mais criativo que o anterior. Faziam evoluções ousadas. Um deles girava o corpo equilibrando-se apenas com a cabeça tocando o chão. Outro apoiava-se em só uma das mãos, girando o corpo no ar. Em seguida, um terceiro entrava na roda e se contorcia com movimentos ritmados, dando tesouradas com as pernas no ar, imitando um exercício de gi-

nástica olímpica. Depois era outro rodopiando freneticamente como se fosse um tufão de vento.

Toninho olhava-os distraidamente, já que estava de olho em Aline. Nem percebeu quando a turma do grafite chegou.

— Salve, Helião! Chega chegando — Sérgio, de cima do palco, cumprimentou o amigo.

— Salve, aí, mano! É a expressão visual do *hip hop* dizendo presente! — Helião sorriu, subindo ao palco para abraçar o amigo.

— Pela ordem? — Sérgio o abraçou.

— Firmeza! E eu trouxe a *crew* toda! — Helião apontou o pessoal que compunha a equipe de grafiteiros.

Quando Helião e a turma do grafite chegaram, Toninho estava com Gera e Beó, próximos de Sérgio, mas mal ouviu a conversa.

— Cê viu? Até os mano do grafite tão na área. Vai dar mil grau daqui a pouco. — Gera vibrava de alegria!

Toninho não ouviu, não respondeu, só tinha olhos para Aline. Agora que Betão se aproximava da porta, ele ficou ainda mais ausente do grupo de amigos, prestando atenção nos dois.

De longe ele percebia Aline se derreter toda em sorrisos, recebendo Betão com beijinhos no rosto. Morto de ciúme, Toninho suspeitava de alguma conversa a mais entre os dois. Diabo, os dois se entendiam tão bem!

Quando ela, brincando, tirou o boné da cabeça de Betão e colocou na sua, ele quis morrer. Que ódio do Betão!

— Pô, isso é demais! E o folgado nem trouxe alimento! — Toninho deixou escapar o seu ciúme.

— O que foi? — Gera perguntou, e ele, percebendo seu descuido, desconversou, apontando para a roda dos *b.boys*.

— Não, nada! Eu só falei que o Luquinha estraçalhou num moinho de vento! Olha só como ele gira rápido!

Para Beó e Gera estava claro que Toninho mal prestava atenção nos *b.boys*, pois Luquinha tinha acabado de dar um giro sobre a cabeça e não fazer moinho de vento. Porém, em respeito à amizade, eles fizeram de conta que a preocupação de Toninho com os *b.boys* era verdadeira.

12 É NÓIS: O GRITO DO HIP HOP

Sérgio pegou o microfone para dar início ao *show*. A roda de *b.boys* se desfez e todos foram se reunindo à frente do palco.

— Pela ordem, rapaziada! Tamo começando agora o *show* que todo mundo esperava. A comunidade nunca tem lazer, nunca tem diversão, e foi preciso muita luta pra gente conseguir fazer este *show*. Por isso, um salve de saída pro pessoal que cedeu o espaço pra gente levar esse som. Antes de anunciar o primeiro grupo de *rap*, quero mandar um salve pra quem subiu: seu Gilmar, Sabotage, Zoinho, William, Nego Leco, Mano Cris, Billy, que, de onde eles estiverem, é nóis!

Em resposta, a galera gritou, inflamada, em uníssono, levantando o braço ao mesmo tempo:

— É nóis! É nóis! É nóis!

Sérgio tinha o poder de encantar a plateia. Sua maneira firme de comandar deixava claro tratar-se de um líder. Edite, na pista, logo abaixo do palco, olhava apaixonada para ele, que retribuía o sorriso dela.

— O movimento *hip hop* conseguiu reunir hoje todos os elemento, tá ligado? O *break*, o grafite e os grupo de *rap*, com seus DJs e os MCs. Faz tempo que tamo trocando ideia, planejando se unir mais, e hoje isso tá acontecendo. E eu queria que o Helião falasse sobre isso. — Sérgio passou o microfone para o amigo.

— Os *b.boys* já se apresentaram, daqui a pouco será a vez dos grupo de *rap* e, enquanto isso, nóis vamo grafitar aqui no palco.

Helião falou da necessidade de união entre os grupos de *rap*, os grafiteiros e os *b.boys*. Deixou claro que dessa maneira o movimento se fortalecia, organizando-se.

Sérgio retomou o microfone e anunciou o primeiro grupo de *rap*. Enquanto os jovens do Chico Mendes, conjunto habitacional do Jardim Comercial, se apresentavam, Toninho tentava encontrar Aline na multidão. Seus olhos observadores procuravam em cada rosto feminino o daquela que era, para ele, a figura principal do *show*. E encontrou. Já cantava, ao lado de Betão, no ritmo do *rap*. Aline o acompanhava nas risadas. E parecia feliz.

Toninho já não conseguia esconder seu descontentamento. Enquanto Gera, Beó e outros amigos curtiam a música, gingando o corpo para cá e para lá, numa coreografia simétrica, ele foi se dirigindo em direção ao lado do palco, onde os grafiteiros pintavam sua arte.

Ele não sabia se tinha ido até ali porque se interessara pelos desenhos que eles desenvolviam, ou se, porque, olhando as imagens, deixaria de ver Aline conversando com Betão. Na verdade, ele, que tinha se produzido para impressioná-la, queria mesmo era estar longe dali.

Olhava para os grafiteiros e seus desenhos como se estivesse ausente. Helião notou sua presença e percebeu que aquele era o filho da colega do movimento comunitário.

— Você não é o filho da dona Vera?

— Sou, sou sim.

— Ela sempre fala em você lá no Centro Comunitário, nas reuniões.

Os dois conversavam quando, ao término da apresentação dos *rappers* do Chico Mendes, Sérgio chamou a plateia para um salve aos representantes das comunidades presentes:

— Chegou a hora de mandar um salve pros mano e pras mina que tão colando com a gente nesta noite. Martin Luther King, um líder da comunidade negra dos Estados Unidos, dizia que não tinha medo das palavra dos violento, mas tinha medo, muito medo, do silêncio dos honesto. Por isso, vamos soltar a voz nos salve, aí! Quem é do Capão Redondo, aí, solta a voz!

E a galera respondia, identificando-se:

— É nóis! É nóis! — Todos respondiam, em coro, levantando os braços.

— Jardim Ângela, solta a voz!

— É nóis! É nóis!

Ele ia nomeando os bairros e as favelas, a maioria ironicamente chamada de jardins ou parques. E a plateia gritava unida: "É nóis! É nóis!". Essa expressão, considerada um erro gramatical, na periferia é um grito de militância, é a marca da consciência do que são, é o grito do *hip hop*.

Sérgio anunciava o segundo grupo de *rap*, e Aline, já sem o Betão, se aproximou do pessoal que grafitava os painéis.

Toninho estranhou ela estar sozinha, mas entre o prazer de tê-la por perto e a raiva de tê-la visto com Betão, preferiu a primeira opção.

— Sozinha? — ele tentou disfarçar seu interesse em vê-la por perto.

— Ah, o Luquinha veio chamar o Betão porque o Gerson queria falar uma coisa com ele. Iam resolver não sei o quê e eu vim ver como tá indo o trabalho aqui.

Ele pensou em dizer que eles estavam metidos em negócios da pesada, mas preferiu se calar. Aline certamente entenderia como despeito, ciúme, ou ia comentar depois com Betão, podendo gerar atritos sérios entre os dois.

— Cê não gosta de grafitar não, né? — Aline perguntou por perguntar.

— Cê sabe que eu não gosto. Fico mais à pampa no picho. O picho é a nossa marca que a cidade é obrigada a ver. Por falar nisso, cê já viu a minha marca por aí? — Toninho perguntou, num misto de vaidade e provocação.

— Cê sabe que eu nem olho para picho! Não sei, não acho muita graça. Prefiro o grafite.

Não era mesmo o seu dia de sorte. O que poderia ser uma conversa de aproximação foi motivo de distanciamento entre os dois. Toninho não sabia o que dizer em resposta, e Aline começou a conversar com Helião.

— Sábado passado você não foi lá no Centro. Por quê, Aline?

— Não deu. Tava bom lá?

— Foi da hora!

— Pena que eu perdi o rolê de batismo dos novos. Cês foram grafitar onde? — Aline tentava não explicar a ausência. Não tinha vontade nenhuma de falar do padrasto que, naquele sábado, tinha chegado bêbado e batido em sua mãe.

Toninho ouvia a conversa dos dois em silêncio. Deduziu na hora o que tinha acontecido com Aline no sábado. Todos sabiam do padrasto dela. Mas silenciou em respeito. Queria abraçá-la, consolá-la, mas ela não gostava dele nem de pichadores. A gracinha que ela fizera quando ele chegou, por exemplo, foi só um jeito de ser educada, como era com todos.

— Não deixa de ir sábado não, Aline! Todo mundo sente sua falta lá!— Helião pediu, continuando: — Você não quer assumir aqui, agora?

— Não, hoje eu vim pra ajudar a turma na organização do *show*, né Toninho? — Aline respondia pra Helião, colocando Toninho na conversa.

— Você não quer ir lá no barracão qualquer sábado, não? Rola um lance legal lá. — Helião convidou Toninho.

— Tô mais na do picho, mermão! Mas qualquer dia eu apareço — Toninho respondeu, pensando que surgia ali mais uma possibilidade de estar perto de Aline.

— Sua mãe falou que você é chegado em desenhar.

— É, sou, mas não é lá essas coisa! — Toninho desconversou.

Enquanto ele respondia, Betão se aproximou. Pegou Aline pelo braço, afastando-se bruscamente.

— O que deu nele? — Helião perguntou a Toninho, como se pedisse uma explicação.

— Sei lá. Parece que ele tá meio na noia! Ele anda meio desandão, mas não quero me meter. — Toninho desconfiava que Betão estava drogado. Ficou preocupado com a atitude dele, mas não poderia intervir, porque Aline era só sorrisos quando ele veio para o *show*.

13 CONSCIÊNCIA ATÉ NO NOME

Aborrecido com a chegada de Betão, que levou Aline de perto dele, Toninho se afastou para o meio do salão, onde se reuniu a Gera e Beó. Mas nem ali ele se sentiu à vontade. Gera estava ficando com Patrícia e Beó às voltas, como sempre, com Marina.

— Aí, rapaziada! É nóis o tempo todo, falô? Hoje conseguimo juntar os quatro elemento do *hip hop* pra gente se unir, senão, vamo ficar como o sistema quer, tá ligado? Vamo ficar dividido! Aqui não é negro, não é branco, não é morador do Jardim Ângela, do Capão, dessa ou daquela quebrada. É tudo periferia, é tudo comunidade! Como diz o KLJ, o DJ dos Racionais, negro é cor, não é raça. A raça é uma só: a raça humana. Esse negócio de negro ser chamado de raça inferior é o que os branquelo do centro inventaram pra dividir a gente, tá ligado?

Toninho já não ouvia mais o que Sérgio falava. Preocupado com Aline, afastou-se do grupo e foi até a porta, mas não encontrou ninguém. E se encontrasse? E se os dois estivessem lá fora se beijando? O que ele faria? Ficaria plantado na frente deles, observando a cena, para depois Betão, ao vê-lo, dar uma risada e apontar na sua direção, dizendo que ele era um comédia?

Mas isso não aconteceu. Toninho desistiu de querer saber do paradeiro dos dois. Foi ao banheiro, em seguida ao bar ali perto, onde ficou conversando com alguns conhecidos.

Logo depois, Sérgio, assumindo o microfone, anunciou mais um grupo de *rap*.

— E agora, comunidade, o bicho vai pegá, tá ligado? Vai dar mil grau! Trouxemo pra vocês o Consciência X Atual, um grupo da hora, que veio lá do interior pra colá com a gente. Ysak, chega mais!

— Antes da gente mandar a nossa rima, queremo lembrar um grande líder que foi o Malcolm X — Ysak MC do Consciência, de posse do microfone, chamou a atenção da plateia para si. — O Sérgio me contou que muitos de vocês já viram o filme dele no Centro Comunitário aqui da quebrada. Lembram que ele tirou o sobrenome dado à família dele pelos dono dos escravo e colocou X, que quer dizer que tamo procurando a solução dos nossos problema, da nossa identidade? Pois é, rapaziada! O nosso grupo, em homenagem a ele, tem consciência no nome, tá ligado?, e o xis lembra que temo que buscar nossa identidade. Vai aí então um salve pro Malcolm X e pra todos que tão preocupado com a conscientização da negritude.

Todos aplaudiram e logo na primeira batida a galera já entrava na rima, dançava no ritmo e em uníssono cantava com o grupo a música "Tráfico de Ideias":

Nosso objetivo é transmitir a real,
com fortes argumentos, manos evoluídos,
pacifistas originais, é nosso estilo,
tráfico de ideias, intelectuais
Poder da expressão! Vem, chega mais!
Abra sua mente, solte a rima certa...

A entrada do grupo dera novo ânimo ao *show* e já anoitecia, sem que ninguém percebesse.

Patrícia tinha se juntado a Gera, Beó e Marina, que continuavam a dançar, acompanhando a coreografia da turma, todos entrando no ritmo. Toninho, embora movimentasse o corpo no ritmo da batida, estava alheio.

Nesse momento, um dos grafites de Helião chamou sua atenção. Olhando fixamente para o painel que Helião pintava, Toninho foi se afastando do grupo, como que hipnotizado, e aproximou-se.

Mas por que Helião estaria pintando aquele rosto? De perto, ele percebeu que era um rosto conhecido!

— Mas por que você tá pintando o rosto do Nego Leco? — Toninho quis saber.

— Deixa de pagar comédia, mano! Se for preciso explicação, não tem sentido grafitar.

Toninho sentiu, pela resposta brusca de Helião, que sua pergunta era ingênua. Quis consertar.

— Homenagem legal, viu!

— Mais que homenagem, Toninho, é denúncia — Helião respondeu seco, absorto, envolvido no trabalho.

Vendo que Helião não queria ser incomodado naquela hora, Toninho voltou para perto dos amigos, sem graça. Quem ele pensava que era? O dono da verdade? O bonzão? Ele também, com seu picho, denunciava, oras!

Quando percebeu, Toninho já ia embora sem esperar o final do *show* e sem se despedir dos colegas. De nada valeram a bermuda, o boné, o camisão dos Racionais, os óculos novos, nada. Para ele tinha dado tudo errado. Aline estava envolvida com Betão e ele nada podia fazer.

Em casa, deitou-se cedo. Quando Edite chegou, mais tarde, ele fingia dormir, para não ter de explicar à irmã por que tinha voltado mais cedo. Na verdade, não conseguia pegar no sono. Quando fechava os olhos, via Aline gargalhando com Betão, rindo, dançando o *rap*, se divertindo.

Naquela semana, o *show* foi o assunto em pauta. Em cada roda de amigos, nos bares, no recreio da escola, dentro dos ônibus lotados, em cada conversa que se ouvia, a batida forte do *rap* pulsava firme.

Na rádio comunitária, a programação reprisava as músicas tocadas no *show*. E o grito de angústia e denúncia da periferia continuava a ecoar na rádio. A batida forte do *rap* marcava as mazelas e a precariedade da vida na periferia; no entanto, havia ali centros comunitários como o Orumilá, o movimento *hip hop*, a rádio comunitária e lideranças como Sérgio, Helião, Vera e tantos outros que não ganhavam as páginas dos jornais nem se transformavam em matérias televisivas, mas que eram porta-vozes de uma comunidade sem direito a voz.

14 UMA AMIZADE SELADA

Se, no começo, Toninho estava tímido no escritório de arquitetura de Laura, depois de um mês ele já se mostrava acostumado.

É certo que tinha que tomar dois ônibus e andar um bom pedaço para chegar ao escritório na Vila Mariana, mas não achava tão longe como no começo. E depois, no horário em que ia para o serviço, sempre encontrava algum conhecido.

Quando não encontrava no ônibus nenhum dos amigos, e dava para se sentar durante o longo trajeto, ele se habituou a rascunhar os rostos dos passageiros. Pegava papel, em uma pasta que recebera de Laura para guardar os documentos, e ora esboçava o perfil de uma velha senhora sentada ali perto, ora a face enrugada de um velho, rostos de uma população sofrida.

Um dia, no escritório, Toninho saía do banheiro, quando percebeu que Laura abria sua pasta, talvez à procura de um documento que ele levaria ao cartório do centro.

Ao vê-lo se aproximando, fuzilou-o com um olhar ferino.

— Quem deu ordem para você pegar esses papéis? Isso aqui custa um dinheirão e... — Laura ia continuar com a bronca, mas o traço forte, firme dos desenhos que via nos papéis neutralizou sua raiva. Mais do que a patroa, a arquiteta que havia nela falou mais alto. — Mas que coisa linda isso aqui! De quem é isso, Toninho?

— É uns bagulho que eu faço quando tô no busão. Antes eu só desenhava caveira e monstro. Agora eu...

— Bagulho? Você chama isso de bagulho? — Laura admirava os vários desenhos que espalhou sobre a bancada. Eram rostos de pessoas do povo, e Toninho marcava a expressão com uma simplicidade admirável. Não pareciam desenhos de um adolescente. Laura havia percebido o talento do seu *office boy*.

— Pra nóis, lá na minha quebrada, tudo é bagulho.

— Como você conseguiu, menino, esta expressão de dor desta senhora aqui, por exemplo? — Laura indicou um dos desenhos.

— Não consegui. É a dona Eulália, aí! É a mãe do Zulu, que subiu um dia desses.

— Subiu?

— É, ele tava guardado e teve uma treta lá na cadeia e subiram com ele.

Embora o vocabulário de Toninho fosse bem diferente do seu, denunciando que ele pertencia mesmo a um outro mundo, ela entendia tudo. O rosto desenhado estampava a dor de quem acabava de perder um filho. Laura não resistiu e perguntou sobre outro desenho que a impressionara:

— E essa menina aqui, amamentando o filho. Você viu essa cena? Ela é mesmo tão novinha assim?

— Lá na quebrada tem uma pá de mina grávida.

— Como você consegue registrar essas expressões com o ônibus andando? Você fez algum curso de desenho?

— Isso é coisa de pleibói desandão. Eu desenho no ônibus ou na escola, quando a aula é chata, pra passar o tempo. — Toninho começava a se sentir incomodado pelo interesse de Laura.

— Se você desenha tão bem, por que se envolve com pichações perigosas, que dão tanta preocupação à sua mãe?

Toninho queria cortar o assunto, dar uma resposta atravessada para Laura, mas se calou. Se falasse, acabaria ofendendo e poderia perder o emprego outra vez. Tinha que receber a lição de moral em silêncio. Afinal, ela até gostara de seus desenhos!

— Eu e a minha turma vamo pro picho porque o barato é louco! Só quem sobe num pico sabe a adrenalina que é!

— Além de estar poluindo a cidade, você corre o risco de ser preso, como aconteceu não faz muito tempo. Sua mãe não merece isso. Aliás, você tá aqui pra ver se toma jeito!

Não adiantava explicar. Para não ofender sua patroa, Toninho começou a ajuntar os desenhos.

— A senhora pode descontar os papel do meu salário no fim do mês — ele respondeu, atrevidamente.

— Deixa de ser topetudo! Não estou cobrando os papéis. Só quero que você tome jeito!

Toninho passou o dia de cara feia. Não fez graça para ninguém do escritório. Quando a secretária de Laura perguntou o porquê do seu silêncio, ele respondeu rispidamente que não era nada. As horas demoravam a passar, mas no fim do dia, quando pegou a pasta para sair, notou que ela estava mais compacta. Abriu e percebeu que havia um pacote de papel sulfite dentro dela. Assustou-se. Certamente alguém queria incriminá-lo, dizer depois que ele tinha roubado o pacote de papel. Quem seria? Olhou em volta, ressabiado, e deu de cara com o olhar cúmplice de Laura que, numa piscada, deixava claro quem colocara o pacote na pasta. Ele retribuiu o olhar, abaixou a cabeça e saiu com um sorriso que o acompanhou até o ponto de ônibus. Estava selada a amizade entre os dois.

A cumplicidade de Laura foi decisiva para estabelecer em Toninho o conflito entre o pichador e o desenhista. Nun-

ca tinha feito um curso de desenho e não é que a arquiteta o elogiara? Então, ele era mesmo um bom desenhista?

Toninho passou a valorizar seus trabalhos. Achava-os até bonitos. Chegou a imaginar que o rosto de dona Eulália era mesmo bem trabalhado. Mais trabalhado até que a sua *tag*, sua assinatura de pichador nos muros em branco.

Estava tão entusiasmado que, em poucas semanas, gastou todo o pacote de papel. Ficava chateado quando Laura não tinha tempo de dar uma olhada em seus desenhos, como se precisasse dos elogios da patroa para se convencer de que sabia desenhar.

Por várias vezes, pensou em mostrar seus trabalhos para o Helião, mas na hora agá desistia. Afinal, o pichador falava mais alto dentro dele.

15 O PICHO NA BASE

Numa daquelas tardes, quando Gera acabava de chegar da mecânica, bateram à porta de seu apartamento de forma insistente. Era Luquinha.

— Alivia a minha aí, mano! Os home tão na minha cola.

Sem titubear, Gera abriu a porta.

— Cai pra dentro, mano! O que aconteceu? O que tá pegando?

— A polícia tá me procurando. Fui fazer uma saidinha de banco com um considerado, prenderam ele e acho que o cara me caguetou.

— Pô, mano, você pode me complicar... — Gera, assustado, fechou a porta assim que Luquinha entrou.

— A gente se chama de mano pra quê? Me alivia aí, vai! É só por meia hora.

— Tá legal, vai! Entra debaixo da cama, que se eles vierem...

Gera não teve tempo de completar a frase. Novamente, fortes batidas insistiam para que abrissem a porta. Um irmãozinho seu fez menção de abrir, mas ele se adiantou, colocando-o atrás de si, para proteger.

Gera abriu a porta, pálido. Nem houve tempo de Luquinha se esconder direito e dois policiais invadiram o apartamento.

— Cadê o ladrão que entrou aqui? — um dos policiais interrogava Gera, enquanto outro invadia os cômodos.

Gera não sabia se dava uma desculpa qualquer ou se consolava o irmão, que, traumatizado, chorava.

— Fala logo, que nós não temos tempo a perder — o policial ameaçou.

Gera jamais trairia Luquinha. Ele não era da sua turma, mas entregá-lo seria quebrar um dos mais sagrados códigos de honra da periferia.

Ia receber um tapa de um policial quando o outro, que tinha invadido os cômodos, trazia Luquinha, torcendo-lhe o braço para trás. — Tá aqui o ladrão, sargento!

Luquinha foi levado para a viatura de modo agressivo. Gera tremia de medo. Abraçou o irmão menor, que chorava. Não esperava viver uma cena dessas em sua casa. Tinha arriscado a sua vida e a do irmão para salvar a do amigo. E se os policiais entrassem atirando? E se uma das balas o atingisse ou acertasse seu irmão? E se sua mãe estivesse em casa naquele momento e os policiais a agredissem? E, agora, o que seria de Luquinha? Todas essas perguntas justificavam sua tensão, sua tremedeira, as pernas bambas, as mãos geladas.

Quando soube que seu apartamento tinha sido invadido, a vontade de Sérgio foi denunciar os policiais. No en-

Luquinha foi levado para a viatura de modo agressivo. Gera tremia de medo.

tanto, Sebastiana dissuadiu-o da ideia. Não valia a pena. Depois poderia haver retaliação.

— Sérgio, meu filho, não adianta. Se você denunciar, eles vão alegar que tinham autorização do juiz pra prender o Luquinha em qualquer lugar... — Sebastiana argumentava, desiludida e preocupada.

Gera, naquela noite, não saiu de casa. Não dava para ir à escola, não dava pra encontrar os amigos. Volta e meia, contava e recontava a cena pro Sérgio.

— E a gente fica de mão atada, sem denunciar?

— A lei tá sempre do lado deles, Gera. Uma coisa que a gente deve fazer é denunciar isso tudo través do *rap*. Na rima, a gente também pode denunciar todos os nossos sofrimento, as nossas dor. — Sérgio acalmava o irmão.

No sábado, já passado o susto, Gera foi ao encontro dos amigos em um dos *points* de pichadores da região. Ali eles se reuniam para trocar ideias, para contar suas façanhas. Dali também partiam para os rolês de picho.

Ao se aproximar, Gera cantarolava, tristonho, o trecho de uma música do Rappin' Hood, um *rapper* que ele admirava.

— Vida bandida, que me traz tristeza
Vida bandida, sofrida, casca de ferida.
Na hora do flagrante, tremenda batida.
Sujou geral, geral...
Foi foda, meu irmão!
Desculpa o palavrão.
É só o que vem na cabeça, nesta situação.

— O que houve, Gera?

— Pô, vocês não ficaram sabendo? Os gambé invadiram minha casa pra pegar o Luquinha.

— Como assim?

— O Luquinha e um aliado dele foram fazer uma fita e deu B.O... — Gera contou o ocorrido para os amigos.

— Vixe! E ele já tinha puxado Febem — Toninho se lembrou.

— Quando é assim, vai mofar miliano lá. Essas parada só dá B.O. — Beó repetia o bordão de sempre.

— E os gambé levaram ele na porrada, tá ligado? — Gera interrompeu Beó, fazendo o relato como se ainda estivesse diante da cena.

A notícia os deixou chateados. Os dois, que estavam alegres até então, entristeceram-se.

— Como é duro ver isso acontecer com um mano, hein gente? — Toninho desabafou.

Gera continuava o desabafo de Toninho: — Quando acontece isso, tenho uma vontade louca de sair pichando tudo. Vamo sair pra fazer uns pico lá na Estrada de Itapecerica?

— Lá é longe.

— Que nada! É perto da mecânica onde eu trampo. Lá tem um pico que acabaram de pintar. Tá pedindo picho...

— Eu acho arriscado. Vai dar... — Beó ia completar com o surrado bordão, quando alguém o interrompeu.

— Salve aí, rapaziada! Arriscado mesmo é pichar uma base comunitária da polícia. — Betão aproximou-se, intrometendo-se na conversa com um jeito debochado.

Fazia muito tempo que ele não aparecia na roda. Andava sumido, sempre às voltas com a turma do Gerson. Mas, naquela noite, resolveu aparecer no *point*.

— Você tá sabendo do Luquinha? — Toninho perguntou ao amigo, enquanto Gera e Beó o recebiam com indiferença.

— Tô. Vacilou, dançou, mano! O crime é rígido! — Betão respondeu, sério, deixando claro que não queria falar sobre o assunto.

Toninho logo percebeu o volume sob o moletom. Certamente Betão estava armado.

— Mas o que vocês tavam planejando quando eu cheguei?

— A gente tava combinando um rolê de picho lá num pico da Estrada de Itapecerica...

— Ah não! Vamos buscar mais adrenalina. Quem topa fazer aquela base militar perto da padaria Menininha, ou então a que fica perto do terminal dos busão? — ele interrompeu gargalhando, vendo que a proposta assustava os amigos. Como ninguém respondesse, Betão fuzilou: — Ou cês vão pagar comédia?

— Olha aqui! Se tem alguém que paga comédia aqui é você. Só é corajoso quando tá na noia, mas na hora de segurar a bronca ocê vaza, como vazou daquela vez que os gambé enquadrou a gente.

— Cê tá querendo me encarar, mano? — Betão foi pra cima de Toninho com a mão na cintura.

Gera, vendo que o clima estava pesado, entrou no meio dos dois, separando-os.

— Que parada é essa, gente? Aqui é tudo irmão, mano! Isso não é motivo pra treta. Alivia, vai!

Toninho se recompôs, Betão renovou o desafio, e os quatro rumaram para as imediações da base militar comunitária.

Enquanto andavam, Toninho se perguntava por que iam atrás do Betão. Estavam com medo por ele estar armado? Porque a ideia de pichar a base era pura adrenalina? Ou porque ele era mesmo mandão e os três apenas obedeciam? Não encontrou resposta e se deixou levar pela adrenalina.

Chegando ao terminal de ônibus, perto da base militar, escolhida por ser a mais próxima de onde estavam, sentaram-se em um dos bancos, decidindo quem iria atravessar a rua lateral para deixar a marca da turma Os Encardidos no muro da base.

— É muito perigoso, gente! Isso vai dar B.O. Não tão vendo que tá cheio de gambé lá?

— Para de bobeira, Beó! Ninguém aqui é desandão. Toma, vai lá e mete tinta neles — Betão quase gritou, entregando a lata de *spray* que Beó recusou.

— Vai você, mano! Você que teve a ideia de vir aqui — Toninho, percebendo que Betão queria se livrar do risco, sugeriu, provocando-o.

— Por que eu e não você? — Betão devolveu a pergunta.

— O certo é tirar par ou ímpar — Gera sugeriu, percebendo que Betão estava mesmo com medo de enfrentar a difícil missão.

— Não precisa tirar não. Pode deixar que eu vou. Tô vendo mesmo que o Betão tá com medo — Toninho cresceu, percebendo a covardia do amigo. Pegou a lata de *spray* das mãos de Betão, respirou fundo, esperando um descuido dos soldados.

De repente, Toninho disparou numa corrida curta, atravessou a rua e rapidamente deixou a *tag* dos Encardidos no muro em branco. Nunca seu coração tinha batido tão forte. Saiu correndo, atravessou a avenida, e só parou quando teve certeza de que não era perseguido.

Revestiu-se de heroísmo quando percebeu que todos vinham atrás dele, fazendo questão de cumprimentá-lo.

— Pô, meu, você é o mais! — Gera foi o primeiro a abraçá-lo.

Beó não resistiu e pulou sobre os dois como se Toninho tivesse marcado um gol de decisão no campeonato. Só Betão se limitou a fazer um cumprimento distante, quase por obrigação.

— Valeu, hein, truta! É nóis! — mas o grito de guerra não saiu forte como das outras vezes.

16 *BEIJO DE LÍNGUA*

No domingo, a notícia já se espalhara rapidamente. Todas as gangues de picho da região sabiam da coragem de Toninho. Não havia lugar onde ele chegasse em que não fosse reconhecido. Na segunda-feira, no ônibus, até seus colegas habituais de trajeto ainda comentavam. Era a glória!

Na escola, à noite, todos o cumprimentaram. Aline, ao contrário, preferiu se afastar, indo para a sala de aula. Tomando coragem, ele foi atrás.

— Você não vai me cumprimentar? — Ele se aproximou dela. Vendo que a sala estava vazia, beijou-a no rosto, encorajado que estava pelo recente sucesso. Ela tentou se manter neutra, mas a proximidade do seu corpo, o sorriso estampado em seu rosto, tudo isso a mobilizava. Afinal, ele havia deixado os amigos no pátio para procurá-la na sala.

Toninho, ao abraçá-la, não vacilou. Puxou-a para si. O perfume dela, o sorriso que agora ela lhe dirigia, o roçar de seus cabelos em seu rosto, a proximidade de sua boca, tudo

isso contribuiu para que ele criasse coragem e a beijasse demoradamente. Ela não o repeliu; pelo contrário, entregou-se como se também tivesse esperado pelo beijo.

Foram apenas alguns segundos, mas que valeram todos os riscos, toda a adrenalina. Assim que se separaram do abraço, os dois ficaram se olhando, sem nada dizer, extasiados.

Na saída da escola, Gera e Toninho seguiram juntos. Toninho ia em silêncio, ainda sentia a boca de Aline na sua. Gera, ao contrário, falava pelos cotovelos. Na sua tagarelice, comentava sobre muitos picos que poderiam pichar juntos. Na verdade, ele queria, na próxima vez, ser o herói da turma.

— Na próxima, eu é que vou, viu?

— Vai onde?

— Dar uma de herói. Você não tá ouvindo o que eu tô falando?

— Sabe o que aconteceu, Gera?

— O que foi?

— Eu beijei a Aline, cara!

— Na boca?

— De língua.

— Vixe! Isso vai dar B.O. Você corre perigo. Se o Betão fica sabendo...

— Eu sei que eu não devia, mas não deu pra segurar, mano!

Ao dobrar a esquina em direção à casa, Edite o esperava, conversando com Sérgio.

— Escuta aqui, seu moleque! Você tá querendo matar a mãe?

Toninho, que vinha feliz da vida, levou um susto. Edite continuou a falar sem parar, muito irritada com o irmão.

— Você tinha prometido pra ela que não ia mais pichar. Pois eu vou te dar um aviso. Se você for preso de novo, não conte mais comigo para ir te tirar da cadeia.

— E nem comigo. — Sérgio apenas sussurrou, pois não queria se intrometer na conversa dos irmãos.

— Da próxima, você vai mofar, guardado lá dentro. E tem mais: você só tá no picho, ou tá andando com a turma do Luquinha e do Gerson também?

— Que é isso, mana! Cê tá exagerando. Não é assim não. — Toninho mal conseguia falar diante do metralhar de frases da irmã.

— E tem mais uma coisa que...

— Cê não contou pra mãe e nem vai contar, né? Se ela fica sabendo...

— Não contei porque senão ela é capaz de enfartar. Vim te dar o aviso por ela, não por você, seu cretino! E já pra dentro!

Chateado com a bronca de Edite, Toninho entrou em casa. Ainda bem que sua mãe estava dormindo. Seria difícil ela não perceber o clima tenso entre ele e a irmã. Edite despediu-se de Sérgio e, sem falar com Toninho, foi dormir.

Ele esquentou a comida deixada sobre o fogão, mas não comeu quase nada. O rosto de Aline aparecia entre uma garfada e outra, e Toninho fechava os olhos e ficava a vê-la, linda no seu sorriso mais bonito!

Quando abriu a cama de vento e se deitou, Aline se deitou com ele. Ficou imaginando ela ali a seu lado, os dois trocando carinhos, ternuras, afetos, falando do amor novinho que nascia entre eles. De repente, foi sacudido por um forte safanão.

— Antônio Clodoaldo, levanta, menino! Assim você vai perder o dia de serviço — sua mãe vinha expulsar Aline de sua cama, de seus sonhos.

Atrasado, o jeito era sair correndo, sem nem tomar café. Infelizmente, acabou perdendo o ônibus. O jeito era esperar o próximo. Como demoraria, resolveu comer um pão com manteiga na padaria ali perto. Helião estava no balcão e o reconheceu.

— E aí, truta, tudo pela ordem? Fiquei sabendo que você tá considerado na banca, hein? — Helião o saudou, irônico.

— Menos, Helião, menos. — Toninho sorriu, contente, não se contendo de satisfação, sem perceber a ironia do grafiteiro. — Foi só um picho legal, meu! Enquanto o gambé virou, fui lá, pichei a base, mó adrenalina, meu!

— E aí vocês saíram correndo. Bela coragem, hein? — Helião continuava a ironizar.

— Lógico, vazamo na hora, deixando os gambé com cara de lóqui.

— E o que você ganhou com isso, mano? — Helião era incisivo no direcionamento da conversa.

— Ganhei o respeito de uma pá de gente, até da Aline, cara!

— Pelo que eu conheço dela, pode ter admirado a sua coragem. Mas não o picho em si.

— Mas você não falou que o grafite era denúncia? O picho também é, mano!

— E o que você denunciou, Toninho?

— Bem... eu... eu... deixei a nossa marca, avisando que nóis existe — Toninho não sabia mais o que dizer.

— Se você quer mesmo ganhar a atenção da Aline, mano, tem que ganhar é com sua sensibilidade, não pichando por pichar. Eu até entendo os corre dos pichador, porque eu também já fiz rolê de picho. Mas tem que evoluir, Toninho. O picho é só uma bronca, é só demarcação de território. Aline é uma mina sensível e você é um cara inteligente, tem sensibilidade e precisa...

Toninho percebeu que seu ônibus estava chegando.

— Helião, vou dando linha que o busão já tá encostando...

Helião ainda teve tempo para convidá-lo.

— Por que não aparece lá no Centro, pra gente trocar umas ideia sobre grafitagem?

Toninho agradeceu só por educação, despedindo-se. No entanto, a conversa que tiveram continuou em seus pensamentos durante uma boa parte do dia.

17 O QUE FOI, MÃE?

Durante todo o dia, Toninho trabalhou distraído. Quando não era o beijo de Aline o que povoava seus pensamentos, eram as palavras de Helião.

Já em casa, depois da aula, Toninho se preparava para esquentar a comida, quando ouviu a mãe e a irmã conversarem no quarto. Estranhou que ela estivesse acordada àquela hora. Vera, percebendo que o filho estava na cozinha, o chamou.

— Toninho, venha cá!

No primeiro momento, Toninho pensou que Edite teria contado a ela sobre o picho na base militar. Mas, em seguida, lembrou-se de que, em ocasiões semelhantes, ela o chamaria pelo seu nome completo. Não, não era bronca.

— O que foi, mãe? — ele entrou no quarto.

— Você precisa ir até à farmácia comprar remédio pra mãe. — Edite tomou a dianteira, entregando-lhe uma receita. — Quando cheguei do trabalho, a mãe não tava passando bem. Levei ela no postinho e esperamo mais de duas hora para ser atendida. Mesmo assim não conseguimos. Apelei, falei, xinguei, mas nada adiantou. Não apareceu nenhum médico. E a mãe com dor louca nas perna. Aí tomamo um ônibus e fomo parar lá no hospital do Campo Limpo.

— Tão longe?

— Onde você queria que eu levasse a mãe? No de Santo Amaro, mais longe ainda?

— Não foi isso que eu falei. Tô dizendo que, se fosse coisa grave, podia complicar de vez — Toninho se justificou. — São as perna de novo, né mãe?

— São, filho! O médico falou que as varizes viraram flebite.

— O que é isso?

— Inflamação das veia. Elas, que já não eram boa, pioraram. Eu achei que tinha aqui em casa o remédio que o médico receitou, mas já tinha acabado.

— Nossa, como tá vermelha essa perna, mãe! O duro é achar uma farmácia aberta a essa hora — Toninho comentou, saindo em seguida à procura de uma.

No caminho, ia pensando na mãe. Brigava com ela, achava-a durona, mas reconhecia que ela era uma guerreira, uma batalhadora. E se o problema da perna estava piorando, era mau sinal.

Com dificuldade, Toninho achou uma farmácia aberta. Na hora de pagar, a surpresa. Como o remédio custava caro!

Depois de a mãe tomar a medicação, Edite o chamou até a cozinha. Baixando a voz, ela combinou com o irmão:

— Nós vamos ter que ajudar a mãe com as roupa. O médico falou que ela tem que ficar de repouso, com as perna pra cima, pelo menos uma semana. E o serviço não pode parar, senão ela perde as freguesa. Eu falto amanhã no serviço e vou passar roupa na casa da patroa dela, e nóis dois garantimo a roupa das freguesa lá do condomínio perto da Igreja São José Operário.

Toninho sabia de suas obrigações, mas se chateou. Logo agora que o namoro com a Aline estava começando? Ele certamente não poderia ir à escola naquela semana.

— Você lava a roupa e eu passo, sei lá.

Toninho estava absorto, sem saber o que dizer.

— Tá me escutando, Toninho? Tô falando com você.

— Tá, Edite, então eu vou faltar na escola essa semana.

Realmente, durante toda a semana, Toninho se preocupou com a mãe. Só não faltou ao serviço porque agora, mais do que nunca, ele precisava daquele emprego. À noite, vinha direto pra casa, para estar com a mãe e ajudar Edite. Só foi à escola na quinta-feira, na hora do recreio, para ver Aline, mas não a encontrou. Beó lhe contou que ela perguntara dele.

— E ela ainda tem feito graça pro Betão?

— Não, Toninho! Ela soube de uma das correria do Betão com a turma do Gerson e não gostou nada, nada! Além do mais, o Betão vive na noia, mano! — Beó confidenciava, falando tudo de uma vez, pondo seu amigo a par do que se passava.

— No *show*, eu já tinha sacado esse lance, mas não pude falar nada pra ela, senão ela ia perceber que eu tava com ciúme.

Toninho riu para si. Saber aquilo sobre Betão o deixava triste, porque sempre foram amigos. Mas sabê-lo longe de Aline era um alívio. Escreveu um bilhete para Beó entregar a ela:

Aline,
Estou com saudade de você.
Sábado, vou no Orumilá para te ver.
Não esqueço nunca do nosso beijo.
Outro beijo,
Toninho.

18 COM VOCÊ EU ASSISTO ATÉ DEZ VEZES, BOBINHO!

No sábado à tarde, sua mãe já estava melhor, e Toninho foi ao Centro Comunitário para se encontrar com Aline.

Chegando lá, foi entrando sem jeito, observando o espaço que aos sábados era reservado ao movimento *hip hop*.

Helião, percebendo sua entrada, deixou a turma dos alunos para quem ele dava noções sobre o uso da cor no grafite. Recebeu o garoto calorosamente, como se no último encontro dos dois não tivesse havido nenhuma bronca.

— Salve, mano! Que bom que você veio! Chega chegando aí, mermão!

Toninho ficou sem graça. Não esperava tão boa recepção. Olhou em torno e viu a turma dos *b.boys* treinando novas evoluções, viu Sérgio e uns *rappers* compondo uma nova letra e viu também Aline sentada no chão com alguns rapazes. Toninho a observou e se engraçou ainda mais com seu jeitinho de professora. Enquanto Helião se afastava, Toninho se aproximou de Aline para ouvir o que ela dizia.

— E aí, vocês gostaram do filme?

— Eu gostei. É um filme da hora! O sujeito era pichador de rua nos Estados Unidos e foi parar no museu com os trabalho dele — um deles falou.

— Pois é. Basquiat, como vocês viram, tinha um talento que precisava ser aproveitado.

Toninho ouvia os comentários sobre o filme, e sentiu-se constrangido. Afinal, de quem eles falavam? O cara era pichador e tinha virado artista? Mas quem era esse tal de Basquiat?

Aline percebeu que Toninho estava de pé às suas costas. Levantou-se, cumprimentou-o com um abraço meio sem jeito.

— Fique aí na boa, Aline. Eu vou lá trocar umas ideia com o Helião.

— Não, eu já tô terminando — ela mostrou-se feliz com sua presença. Enquanto Aline dispensava seus alunos, Toninho se aproximou dos *b.boys*. Todos seus amigos. Logo sentiu-se em casa.

Helião percebeu que o jovem estava arredio com ele por causa da bronca no ônibus, mas sabia que Toninho era um "sujeito-homem", como se diz na periferia; além disso, já dava sinais de ser um grande desenhista e era preciso ganhá-lo. Aproximou-se dele e metralhou:

— E sua mãe, Toninho? Ela faltou na reunião de quinta-feira no Orumilá. Nós estranhamo. Ela é atuante, não costuma faltar.

— É que ela passou muito mal na terça-feira. Quando eu cheguei da escola levei o maior susto.

— O que ela tem, cara?

— A perna dela desandou legal! Precisa ficar com as perna pra cima o dia inteiro.

Aline veio se juntando aos dois e ouviu a última frase do Toninho.

— Que pena, Toninho! Ela sempre se queixa das perna, coitada! E ela é tão importante pra gente.

— Quando a Dona Vera não vem, fica faltando um pedaço — acrescentou Helião.

Toninho não tinha consciência da atuação da mãe. Para ele, ela era só a mãe chata, certinha, irritante. Sentiu um certo orgulho dela. Mas sentia também ciúme. Sua mãe era mãe de todo mundo?

— Ela ficará boa logo, tenho certeza — Aline interrompeu o pensamento de Toninho.

Helião, percebendo que os dois queriam conversar, arrumou uma desculpa para se afastar dali. Toninho ficou em silêncio, olhando para Aline. Como ela era bonita! Pensou em desenhá-la.

Ficou olhando para Aline. Namorava-a com o olhar. Sua pele negra, seus lábios grossos, seus dentes claros, seu sorriso inconfundível, seu cabelo comprido, estilo rastafári, sua beleza singular reforçava sua delicadeza.

— Toninho, você gostaria de assistir esse filme? É a história de Basquiat, um pichador que virou um grande pintor — Aline interrompeu o silêncio de Toninho, oferecendo-lhe a fita de vídeo que segurava.

— Um pichador que virou pintor? — Toninho estava surpreso.

— Não pode, bobinho? — Aline sorriu, mas Toninho tomou a graça como se ela estivesse ironizando o seu desconhecimento sobre o pintor. — Quer ou não?

Pela segunda vez Toninho silenciou naquela tarde. Querer ele queria, lógico! Só não sabia o que dizer. Como dizer a ela que não tinha vídeo? Bem que o Betão lhe oferecera um bem em conta! Mas ele recusou. Certamente era produto de rolê, fruto de uns adianto da turma do Gerson, depois

podia sobrar pra ele. Mas, pensando bem, deveria ter aceitado. Agora não estaria ali, na frente dela, gaguejando.

— Sabe o que é, Aline, eu... eu... ah... deixa pra outro dia porque... — Toninho tentava costurar uma desculpa, sem sucesso.

— Você não tem vídeo, né? — Aline perguntou bem objetiva, para descomplicar.

— É isso! Não tenho não. — Toninho queria morrer de vergonha.

— Lá em casa agora tem. Minha mãe ganhou um meia-boca da patroa dela, meu tio Zé arrumou e ficou bom. Quer assistir comigo?

— Mas você já não assistiu?

— Com você eu assisto até dez vezes, bobinho! — ela sorriu amorosamente.

Toninho pensou em Betão. E se ele ficasse sabendo do beijo, do bilhete, da ida à casa de Aline? Que se danasse! Agora era dizer sim àquele convite para assistir a um filme lá na casa dela.

— Vou, sim, Aline.

19 QUAL É A SUA COM O BETÃO, ALINE?

Aline marcou com ele na terça-feira à noite, depois que ele chegasse do escritório. Certamente porque, àquela hora, sua mãe ainda não teria chegado do serviço e seu padrasto estaria no bar, bebendo, como fazia diariamente depois do trabalho.

Quando saía de casa, Toninho encontrou Edite, que voltava da fábrica.

— Onde você vai tão arrumado?

Ele avisou que iria à casa de Aline assistir a um filme.

— Que filme?

— Nem sei direito. De um artista lá. Não conta pra mãe, não. Fala que eu fui pra aula, tá?

Edite, pela primeira vez, aprovava ser cúmplice do irmão. Sorriu e foi para casa, enquanto Toninho seguia em sentido oposto.

Ela olhou para trás, vendo-o se afastar. Ficou pensando como ele estava diferente desde que Aline entrara em sua vida. Já não era mais o menino respondão, revoltado, louco por pichar o mundo. Aline era simpática, responsável, carinhosa com todos da comunidade. Além de Edite, Vera também aprovava o relacionamento. Até no jeito de desenhar, Edite percebia o amadurecimento de Toninho. Ele não desenhava mais caveiras e monstros. Pelo contrário, entre seus desenhos descobriu, num daqueles dias, rostos conhecidos, perfis bem elaborados. O irmão já desaparecia na curva e Edite tomou seu caminho, feliz por saber que ele se endireitava na vida.

Por outro lado, Toninho não sabia bem como seria sua chegada à casa da Aline. Quem estaria lá? Como seria recebido? Ensaiou uma fala para impressionar, do gênero: "oi, princesa, tudo beleza?". Ou faria o que sua vontade mandasse? Chegaria lá e lhe daria um abraço e um beijo assim direto, sem deixar ela pensar em nada? Passando de um pensamento para outro, chegou. Enquanto ele decidia se ia chamar ou não, ela abriu a porta e o convidou para entrar.

Na sala, a presença de um garoto inibiu o beijo que daria em Aline. Ela, vendo que Toninho estava desajeitado, quebrou o gelo.

— Esse daqui é o Zezinho, meu irmão.

— Oi, mano! — Toninho passou a mão na cabeça dele, meio sem graça.

Quando ele deu por si, já estava sentado em um velho sofá, pronto para assistir ao filme. Aline colocou a fita no aparelho, sentando-se ao lado de Toninho.

Os dois mal prestavam atenção nos *traillers*. A proximidade do corpo de Aline desviava completamente sua atenção. Por seu lado, Aline também estava sensibilizada pela presença dele.

De repente, como se tivessem combinado, Toninho voltou-se para ela, os dois se olharam, desejosos, e o beijo aconteceu. Foram interrompidos por Zezinho, que veio da cozinha pedindo que arrumassem um de seus brinquedos, mas logo voltou para onde estava.

Entre um beijo e outro, carinhos e afeto, Toninho e Aline assistiram ao filme.

— Não é da hora um pichador virar artista? Pena que ele não soube trabalhar seu sucesso... Acabou sendo explorado pelo sistema, como o Helião sempre diz e... — De repente, Aline interrompeu sua fala. Percebeu que não estava no Centro Comunitário com seus alunos. Em vez de continuar, preferiu beijá-lo. Em seguida, olhando para o relógio, viu que já era hora de sua mãe chegar.

— Minha mãe não se importa se te encontrar aqui. Mas meu padrasto é meio invocado. Já viu, né?

Toninho entendeu e levantou-se feliz. Não queria ir embora, mas sabia quais eram as regras do jogo.

Antes de sair, perguntou à garota sobre o que mais o incomodava.

— Qual é a sua com o Betão, Aline? — ele não sabia florear um discurso, ainda mais quando o assunto era delicado como esse.

— Sabe o que é, Toninho, eu gostava muito da gargalhada dele, do seu jeito extrovertido, mas demo um tempo. Betão anda se metendo em umas roubada. Eu percebi o envolvimento dele com o Luquinha e o Gerson e fiquei invocada. Um dia desses minha mãe viu ele bebendo no bar do Lemão com meu padrasto e falou um monte pra mim. E tem mais: ele andou aparecendo aqui em casa meio na noia e me tratou mal. Chega o meu padrasto, que maltrata minha mãe. Por essas e outras, eu não gosto mais dele não. Tô fora!

Aliviado, Toninho deu-lhe um abraço. A mãe de Aline chegava do trabalho e viu os dois juntinhos. Sem graça, ele quis disfarçar:

— Boa noite, dona Matilde!

— Boa noite, Toninho! — ela respondeu, entrando na casa. Mesmo cansada, sorriu. Que bom saber que sua menina estava se entendendo com o filho da Vera.

Toninho foi embora certo de que agora era o namorado de Aline. Poderia sair com ela de mãos dadas, beijá-la na escola, na rua, e ninguém ia se meter. Ao mesmo tempo, saber do envolvimento de Betão com o mundo do crime lhe dava preocupação.

20 BETÃO VIVE!

Na quinta-feira, assim que Vera sentiu-se melhor, foi à reunião do Orumilá. Betão, sabendo que Toninho estava passando por maus bocados com o problema de saúde da mãe, procurou-o. Ficou no bar da esquina e, quando viu Vera caminhando lentamente em direção ao Centro Comunitário, não teve dúvida: dirigiu-se à casa de Toninho.

Ouvindo seu nome ser gritado, sabia, pelo tom de voz, que era Betão.

— Cai pra dentro, mano!

Betão entrou e, como nos velhos tempos, tirou o boné, sentou-se na cozinha com a intimidade de sempre, mas agora meio diferente. O namoro entre Aline e Toninho causara certo constrangimento.

— E aí, truta! Fiquei sabendo que sua mãe tá nuns perrê com a perna. Dureza, hein, mano? Vi ela agora na rua, e percebi que ela tava andando devagar, abatida...

— É, mano! Mas o pior já passou, ela tá melhor.

— O zé-povinho tá comentando que cês tão num sufoco aí, né, mano, e eu vim te dar uma solução. Tem um adianto que pode dar uma boa grana pra nóis, mano! — Betão levantou o moletom e tirou da cintura uma arma de grosso calibre, que colocou sobre a mesa, empurrando-a para Toninho.

Ele se assustou. Queria mesmo resolver o problema de saúde de sua mãe. Também queria ter dinheiro para comer bife todo dia, comprar CDs, uma bermuda nova e tênis de marca. No entanto, pensou também que aceitar as propostas de Betão seria a morte para sua mãe. Depois, entrar nessa parada era perder o emprego, perder Aline.

— Tô nessa não, mermão! — Toninho devolveu a arma a Betão, que a guardou na cintura.

— Vim aqui pra te ajudar, maluco, e cê me recebe assim? — A irritação de Betão era visível.

— Já tô cheio de problema, Betão, e você vem me oferecer mais um!

— Cê num quer porque é desandão, mesmo. Tô com você na goela, mano!

Toninho pensou que era uma referência indireta ao namoro dele com a Aline. No entanto, a chegada de Edite mudou o rumo da conversa.

— Uai, Betão, você por aqui?

— Oi, Dite! — Betão respondeu, sem jeito. — Eu vim saber da tua mãe.

— Ela tá bem — Edite respondeu, enquanto abria a geladeira pra pegar a garrafa de água. E continuou a conversa: — Você quer arroz-doce?

— Não.

— Mas você gostava tanto! Até pedia pra minha mãe fazer. — Edite estranhou.

— Bom, eu vou vazar que já tá tarde. — Betão se levantou, interrompendo Edite.

Dias depois, Toninho e os amigos comiam um sanduíche numa lanchonete quando Betão chegou. Cumprimentou-os, mas logo perceberam que sua intenção era desafiar Toninho. Em vez de se sentar com eles, disparou curto e grosso:

— Como é, hoje não vai ter rolê de picho? O desandão do Toninho já fez ocês bandear pro grafite?

Os amigos ficaram quietos. Não valia a pena revidar. Viam claramente que Betão estava drogado e queria arrumar encrenca.

— Daqui a pouco vira boiola e nem vai dar conta da Aline.

Essa Toninho não ia engolir. Ao ouvir o nome de Aline, ficou nervoso e se levantou.

— Deixa de embaçar, Betão! Se tem desandão aqui, eu tô falando com ele! — Toninho não ia mesmo levar desaforo para casa.

— É desandão, sim! Fica dando uma de herói do picho, mas se eu não chamo pra colá comigo no pico da base, já era!

— Cê tá querendo treta porque a Aline tá parada na minha. Você é da minha banca, Betão, sabe que eu não ia te trair. Sabe muito bem que a gente começou a ficar depois que ela terminou com você.

— Betão, deixa as treta de lado e dá umas mordida aí no sanduba, vai! — Gera ainda tentou amenizar o clima.

— Eu é que larguei dela, tá ligado? Ela tava muito xarope, só falando em arte, em museu. Taí, daqui a pouco cês tão tudo na fila de museu pra ver os quadro dos bacana. O Helião vive falando em levar os mano do grafite lá naquele museusão do centro, na frente da Rota. Só faltava essa!

De repente, Betão pôs seu plano em ação.

— Taí, Toninho, uma boa. Cê tem coragem de fazer um rolê comigo lá naquele museusão que eu falei?

— Tá, um dia a gente vai... — Toninho titubeou.

— Não, vamo agora!

— Agora? Essa hora? Cê tá maluco? A gente tem que tomar uma pá de busão pra chegar lá — Toninho se espantou, tentando convencer o amigo da distância.

— Vamo agora. Ou você tá com medo? Vai se borrar de novo?

— Mas eu não tenho *spray* — Toninho dava mais uma desculpa.

— A gente descola um no *point*, isso não é problema. Ou, então, eu uso o meu mesmo, ó! — e Betão bateu de leve sobre o moletom, deixando claro que estava armado.

Se Toninho não encarasse o desafio, ia ficar malvisto não só por Gera e Beó, mas entre todos os pichadores do *point*.

— Vamo lá agora, cara!

— A gente vai junto, Toninho! — Gera se levantou, seguido de Beó.

— Negativo, turma! Tá pegando entre nóis dois aqui. Essa parada é só minha.

— Toma então meu *spray*! Só que eu acho que cê não devia ir não — Gera aconselhou, entregando a lata para Toninho, que a escondeu debaixo da camiseta.

Do outro lado da avenida, pararam num ponto de ônibus. Betão resolveu tomar o primeiro que passou, um que ia pro Itaim Bibi.

— Esse aí não vai pro centro, mano!

Betão não respondeu. Assim que o ônibus parou, eles subiram junto de duas ou três mulheres. Não havia ninguém em pé, mas quase todos os lugares estavam tomados. Havia dois lá atrás e Toninho se sentou em um deles, estranhando que Betão não o acompanhasse, fazendo questão de ficar próximo ao motorista.

De onde estava, Toninho, então, começou a reparar na atitude do amigo. Por que ele estava tão agitado? Por que olhava para os passageiros e para fora do busão, conferindo o trânsito? Por que ele a todo momento levava a mão à cintura? Minha nossa! Então era por isso que ele quis tomar aquele ônibus? Qualquer um servia, na verdade... Será que ele ia... Não é possível!

Tudo foi muito rápido. Toninho percebeu que o amigo ia assaltar os passageiros do ônibus, mas nada podia fazer. Betão sacou a arma, ameaçando o motorista.

— Sem essa, cara! Pra que isso? — Toninho gritou, tentando demovê-lo da ação criminosa. Na sua mente, veio a lembrança da morte do pai, morto por dois pivetes num assalto como aquele.

— Cala a boca, comédia! Vou fazer esse busão procê ver se aprende como é, tá ligado?

Betão continuava ameaçando o motorista e os passageiros, mas não percebeu que um policial à paisana, sentado entre eles, aproveitou sua distração momentânea e sacou da arma.

Percebendo a sua intenção, Betão acionou o gatilho, mas acertou-o de raspão. Mais bem posicionado, o policial atingiu-o fatalmente.

Com o impacto da bala, o corpo de Betão se estatelou no chão do ônibus.

O grito de Toninho "BETÃO, NÃO FAZ ISSO, MANO!", foram palavras que Betão ouviu, como um eco. Enquanto o motorista freava bruscamente o ônibus, Toninho correu em direção a Betão, levantou com dificuldade o corpo do amigo, tentando ampará-lo. Chorando, as lágrimas desciam pelo rosto e iam se misturar ao sangue que empapava o moletom do amigo.

— Desculpa aí, mano... Pensei que ia ser fácil fazer o busão, ... que cê ia colá na minha se desse certo — falava com dificuldade, o peito arfando muito.

A gargalhada morreu numa golfada de sangue que brotou da sua boca.

— Não fala nada, Betão! Não faz força...

— Pena que não deu certo. Acho que tô subindo, mano! — Ele tentou gargalhar, mas a gargalhada morreu numa golfada de sangue que brotou da sua boca.

Toninho, no desespero, sacudiu o amigo, mas em vão. Betão estava morto.

Quando os passageiros perceberam que não corriam perigo, foram saindo de trás das poltronas, usadas como escudo.

Toninho recolheu rapidamente o boné do amigo, olhou à sua volta, aproveitou que os passageiros socorriam o policial, numa confusão de gritos de medo e pavor, e saiu correndo do ônibus na contramão do trânsito. Ao se ver na rua, andava decidido, a passos largos, distanciando-se daquela cena de horror. Quando os passageiros deram por si, Toninho já ia longe.

Caminhava desorientado. Se Betão não tivesse sido baleado, a vítima poderia ter sido o motorista. Ele perdoaria o amigo pela morte de um colega de seu pai? Tudo se misturava dentro dele. Um dia, chorara pelo pai; hoje, pelo amigo assaltante. A dor depende do ponto de vista, concluiu. E nenhuma dor era menor que a outra.

Quando compreendeu isso, tomou uma decisão. Entrou em um ônibus, sentando-se só, distante de duas ou três passageiras. Retirou o boné de Betão e ficou olhando-o fixamente. A inscrição estampada "é nóis!" trouxe de volta a figura do amigo.

Quantas vezes, depois de um rolê de picho, Os Encardidos gritavam aquela expressão, num grito de vitória, de desabafo, Betão entre eles!

A imagem do amigo morto, então, foi tomada por lembranças carinhosas. Em uma delas, os dois, ainda pequenos, corriam pelas vielas do bairro; em outra, soltavam pipas, e Betão era imbatível, a dele subindo mais alto que a dos outros; numa terceira, Toninho corria para o gol, tabelando com Betão, o gol saindo como planejado, os dois se abraçando, alegres pela vitória. Todas essas imagens vinham à mente, acompanhadas da gargalhada do amigo.

Lembrou-se também de que Betão estava interessado na Aline. Não a teria roubado do amigo? Não, ela já havia desistido dele e ele também dela. Bobagem pensar tal disparate! No entanto, se a razão o justificava, a emoção recente ainda o fazia se sentir culpado.

Quando percebeu, Toninho chorava sofridamente. Quanto mais se aproximava da Estação da Luz, crescia dentro dele uma decisão.

Numa espécie de ritual, tirou o seu boné. Em seguida, imitando o gesto costumeiro que tantas vezes vira Betão fazer, enterrou o boné do amigo em sua cabeça. Sem saber, era uma maneira de levar Betão vivo consigo. Ao atravessar a rua na frente da estação, o som alto de um carro se destacava. Por coincidência, tocava o trecho de uma música dos Racionais, que chegou a seus ouvidos:

Não quero ter que achar normal ver um mano meu coberto por jornal.

Ao ouvir a música, o que era tristeza virou raiva. Aproximou-se da Pinacoteca do Estado, museu a que o amigo havia se referido, com um sentimento de ódio e vingança.

As grades até que não seriam obstáculo, mas havia dois vigias conversando nas escadarias do prédio.

Percebendo que os guardas estavam distraídos, discutindo futebol, caminhou até a esquina, dobrando-a. Rapidamente, como um gato, galgou as grades, caiu macio do lado de dentro, pondo-se a pichar com rapidez sua vingança, seu grito:

BETÃO VIVE!
É NÓIS, TRUTA!

OS ENCARDIDOS

21 NAÇÃO HIP HOP

A morte de Betão mereceu um rápido comentário na seção policial dos telejornais para depois cair no esquecimento. Tragédias como aquela eram comuns. Para Gera e Beó, a morte de Betão foi na verdade uma perda previsível. Para Toninho, além de perder o amigo de infância, era mais uma experiência amarga de alguém tão próximo que se ia: não bastava o pai, agora também o amigo? E Os Encardidos já não seriam mais os mesmos. Quem gritaria o "é nóis" depois da pichação?

O velório de Betão foi de muita dor. Toninho contava e recontava para Gera, Beó, Sérgio, Aline, Patrícia; enfim, para a turma de conhecidos, como tudo se deu.

No cemitério São Luiz, na hora em que o caixão descia à cova, Toninho se despediu do amigo, sussurrando:

— Betão, vai na paz! Eu fui lá e consegui pichar a tua morte e assinar a nossa *tag*, mano.

Em seguida, colocou o boné de Betão na cabeça, da maneira como o companheiro sempre fazia.

Dias depois, Toninho viu Helião no ônibus. Não quis se aproximar, porque o grafiteiro estava entretido com a leitura de um livro. No entanto, ao reconhecer Toninho entre os passageiros, Helião o chamou:

— Salve aí, mano! Chega chegando pra cá que tem lugar.

Toninho se sentou ao lado dele. Quieto, não correspondeu à efusividade do cumprimento.

— Pesou pra você a morte do Betão, né, mano?

— Tá pesando ainda. Pena. Ele tava numas parada estranha, mas...

— Mas o quê?

— Às vezes, eu acho que roubei Aline dele e...

— Sem essa, cara! Eu até tentei tirar ele desse rumo, envolvendo ele no *break*, coisa que ele curtia, mas já era tarde. Aline também tentou, mas ele não conseguiu dar um moinho de vento nos problema, tá ligado?

— É verdade. Ele falou mesmo que a Aline tava meio xarope, só falando em arte, em museu. Foi aí que ele me desafiou a pichar aquele museu lá em frente da Estação da Luz.

— Pichar a Pinacoteca?

— É, mas ele queria mesmo era mostrar pra mim que era fácil fazer uns adianto.

— Como assim?

— A intenção dele não era pichar museu nenhum. Era fazer o busão onde a gente tava pra eu perder o medo e entrar com ele no mundo da correria. Depois eu fui lá naquele museusão e denunciei a morte dele, como você diz.

— Você acha que pichar a Pinacoteca foi denúncia? No dia seguinte, certamente eles atropelaram teu picho, pintando de novo. Iam lá deixar um prédio público pichado?

— Sem essa! Agora os cara ficaram sabendo da minha revolta, da revolta da periferia, da denúncia social, essas palavra aí que você usa.

— Posso te falar uma coisa, mano? Isso foi desabafo, não foi denúncia. A gente denuncia fazendo rima, trocando ideia, grafitando, não pichando... Se você quer fazer denúncia, precisa colar no movimento *hip hop*, mano!

Toninho ouvia em silêncio.

— E tem mais, truta! Você pagou comédia correndo risco à toa, de bobeira! Poderia ser detido de novo e levar um pau dos cara. Ou então dessa vez eles podiam chamar a televisão e fazer você pintar a fachada pra servir de exemplo, pagando o maior mico.

— Como dessa vez? — Toninho se espantou.

— Não faz muito tempo você não teve que pintar uma loja de CDs lá em Santo Amaro, onde você trabalhava?

— Minha mãe te contou, né?

— Ela tava desesperada e se abriu comigo. Mas fica frio. Eu não contei pra ninguém. Bom, mano, eu vou descer aqui para tomar um ônibus pro Campo Limpo, porque eu tenho que cumprir uma responsa com um diretor de uma escola de lá.

— Algum problema?

— Não. É que o No Toy vai fechar um contrato para grafitar os muros da escola.

Antes de desembarcar, Helião ofereceu o livro que lia a Toninho.

— Ó, dá uma lida nesse livro. Você vai entender o que eu tô querendo dizer.

— *A nação* hip hop? Fala do quê? — Toninho leu a capa, curioso.

— Esse livro foi escrito por um mano lá de Campinas, também grafiteiro, chamado Shetara. Dá uma lida que você vai entender o que é o *hip hop*.

22 FAVELA E ESTÉTICA

Ao chegar ao escritório, Toninho abriu as primeiras páginas do livro e começou a ler. No início, sem muito interesse, porque não estava acostumado com leituras. Na verdade, durante toda sua vida, havia lido um ou dois livros pela metade, para responder a uma ou outra prova escolar. E, depois, nunca mais.

Logo em seguida, mergulhou na leitura. O que o entusiasmou é que o texto falava da periferia, de suas músicas, de jovens como ele.

— Toninho, acorda, mano! — a secretária de Laura o chamou, sorrindo. — Sei que você está entretido com a leitura desse livro, mas tem serviço pra você! Tome esses documentos. Tem um monte de banco para você ir.

— Pô, Cristina, isso é trampo pra mais de hora.

— E daí? Você continua a leitura na fila.

— Tá legal, poderosa!

Toninho seguiu o conselho. Nas filas dos bancos, continuou a ler o livro. Ao voltar ao escritório, entregou os recibos e já ia se encaminhando à cozinha para tomar água, pensando em continuar a leitura, quando Cristina avisou:

— Acho melhor você tomar água e vir ler o seu livro aqui, porque a doutora Laura está conversando com um amigo dela.

Na cozinha, Laura tomava café com um arquiteto, ex--colega da faculdade.

— Quer dizer, então, que você tem um cargo importante lá no departamento de urbanismo da subprefeitura?

— É, Laura, e eu vim te procurar porque me lembrei que no tempo da faculdade você fez um projeto de reurbanização de uma das favelas lá da zona sul. E nós estamos interessados em estudar um projeto de urbanização de algumas favelas de lá.

— Ah, você se refere a um projeto meu para uma das favelas do Capão Redondo, daquela área lá! Fiz sim!

"Mas esse é o nome da minha quebrada", Toninho pensou e pôs-se a prestar atenção na conversa, demorando para beber seu copo d'água.

— Eu te arrumo, com prazer, Maurício! Mas esse tipo de intervenção urbanística já está obsoleto. Hoje eu faria tudo diferente.

— Como assim?

— A experiência depois do tempo de estudante mudou minha visão de como urbanizar favelas. — Laura falava sobre a necessidade de propor o mínimo de intervenção agressiva.

— Realmente, eu não tinha pensado bem a respeito.

— Não adianta querer tirar o povo da favela e levar para as Cohabs. O que o plano urbanístico tem que fazer é melhorar as condições de infraestrutura do que já está construído: água, iluminação, arborização, esgoto, entre outras melhorias.

— Realmente, essa visão é muito interessante. Então eu posso contar com você?

— Pode sim. Aliás, eu gosto desse desafio, de mexer na favela respeitando a estética própria de lá.

Distraído, Toninho, tendo tomado a água, conservava os olhos no teto e o copo na altura da boca, quando Laura percebeu que ele estava na cozinha.

— Toninho, o que foi? Virou estátua?

Pego de surpresa, Toninho se assustou, deixando cair o copo, que acabou espatifando em mil pedaços.

Estética? Foi por causa dessa palavra que ele se distraiu e o copo se quebrou. Não era a primeira vez que Toninho deparava com esse termo. Já o ouvira de Helião ou de Aline, não sabia bem, só sabia que tinha a ver com beleza. Que diferença a doutora Laura do seu Gumercindo! Enquanto seu Gumercindo achava a periferia um antro de bandidos, Laura falava em estética, em embelezar a quebrada. Como eram diferentes!

23 *VOZ DA PERIFERIA*

Ao abrir o portão de casa, naquela noite, Toninho ouviu sua mãe conversando com Edite.

— Ele, coitado, foi demitido lá da indústria de lâmpada.

— De quem cês tão falando, mãe? Quem foi demitido? — Toninho perguntou, enquanto ia ao banheiro.

— Seu Júlio, que era parceiro de truco do seu pai.

— Eu sei quem é! O que aconteceu com ele?

— Hoje, na reunião, ficamo sabendo que ele foi demitido lá da indústria onde ele trabalhava.

— Mas por quê?

— Ele era segurança lá. Descuidou e uma turma de desocupado pichou o muro da indústria. O patrão, hoje de manhã, nem quis conversa, foi logo demitindo ele.

Toninho se calou. Entrou no banheiro. A conversa não lhe interessava mais.

— Mas e como ele vai fazer com a filharada pra criar, mãe? — Edite pensava nas crianças.

— E olha que ele tem quatro filho pequeno, Dite! Dá dó ver a situação da família.

Toninho, ao saber que falavam contra pichadores, ficou sem graça. Certamente as duas pintavam um quadro dramático, carregando nas tintas, para impressioná-lo. Saiu do banheiro e, dissimulando seu constrangimento, entregou o seu salário à mãe e perguntou, de chofre:

— Tem janta, mãe?

Ao comer, mastigava quieto, só ouvindo a conversa das duas. Sem comentar nada a respeito, se levantou, sem pedir bênção à mãe, apenas lhe dando boa-noite, e foi dormir.

Armou a cama e, deitado, tudo se misturava em seus pensamentos: a leitura do livro, o projeto da doutora e seu amigo, a demissão de seu Júlio. Pensava também em Aline, em contar a ela tudo isso. Mas as crianças de seu Júlio, que conhecia tão bem, ficaram brincando de roda em seus pensamentos, correndo pra cá e pra lá nas brincadeiras de pique, de esconde-esconde. Toninho virava na cama, tentava dormir, mas as crianças não saíam de perto dele. Acordou cansado, ainda com sono.

Toninho vivia um conflito. A mãe e a irmã queriam impressioná-lo e conseguiram. "Não vou deixar de ser fiel ao picho, afinal, sou um dos Encardidos", pensou. Mas por outro lado, lembrava que até a Aline frequentava as reuniões do Orumilá. Então, por que resistir?

Acordou cedo e, enquanto tomava café, Toninho soltou a frase que Vera não esperava ouvir:

— Mãe, do dinheiro do meu pagamento, me dá uns troco a mais aí, se der. Eu queria comprar material pros menino do seu Júlio fazer pipa. Eles gostam.

— Eu te dou, filho!

— Mãe, uma pá de gente vai na tua reunião, né? Na próxima, eu vou também, tá?

— Você o quê? — a mãe ficou emocionada. Ela sabia que ele era um bom menino. Uma hora ele iria se envolver com a causa. Dona Vera só não sabia que não era só ela que tinha contribuído para a decisão. Aline contava pontos na vitória de levá-lo às reuniões do Orumilá.

Na quarta à noite, na escola, Toninho se aproximou de Aline.

— Você vai na reunião que a minha mãe vai, né? Toda quinta que você falta à aula cê vai lá, né?

— Vou. Eu não tenho ido muito por causa da escola, porque bate o horário, mas tô sempre lá.

— Vamo lá amanhã?

— Você quer colá com a gente? Mas que novidade boa! Assim eu te mostro o fanzine...

— O que é isso? — Toninho a interrompeu.

— É uma espécie de jornalzinho que tamo fazendo. — Aline sorriu, beijando-o alegremente.

No dia seguinte, na reunião, Toninho encontrou-se com Aline. Enquanto Vera, Helião e outros participantes discutiam a melhor maneira de organizar um curso de alfabetização na comunidade, Aline notou que ele estava com o olhar perdido. Na verdade, Toninho olhava fixamente para seu Júlio, sentado ali perto. Notou a tristeza no olhar de mais um desempregado da área. E o culpado era um pichador, provavelmente um jovem como ele próprio.

— Toninho, o que você tem, que está tão distante?

Aline perguntou, beijando-o no rosto.

— Nada não! Eu só tava distraído...

De longe, Vera notou o carinhoso beijo de Aline. Que coisa boa! Aline era uma menina forte, consciente, participativa na comunidade. Era uma bênção que os dois estivessem se entendendo.

No final da reunião, Vera se aproximou dos dois sorrindo, aprovando o namoro.

— Ah, agora entendi por que você queria vir na reunião...

Toninho achou melhor deixar a mãe pensar o que quisesse. Ela só sabia uma parte da verdade. A outra parte é que ele estava realmente incomodado com a demissão de seu Júlio.

Helião se aproximou, também contente por ver os dois jovens juntos.

— Salve, truta! Quer dizer que vocês dois... — Helião fez um gesto de aprovação. Abraçando Aline, virou para Toninho e, com um tom de irmão mais velho, disse: — Cuida bem dessa princesa, tá ligado?

Toninho abaixou a cabeça, sorrindo timidamente. Aline cortou a conversa, tirando da mochila uma pasta.

— Ah, você trouxe o boneco do fanzine. Que bom, vamo dar uma olhada!

"A voz da periferia", esse o nome do fanzine, que agora estava sob a coordenação de Aline.

— O Sérgio escreveu o artigo desse número. É sobre a morte do Betão. Dá uma lida nele — Aline estendeu-o a Helião.

— Não, leia você em voz alta, Aline. Assim o Toninho também fica por dentro do artigo.

Enquanto Aline lia a denúncia de Sérgio sobre a falta de opção dos jovens da periferia, Toninho ouvia com atenção. O artigo falava sobre a morte de mais um jovem da comunidade e sobre os fatores que aproximam a exclusão social da marginalidade.

À medida que escutava o que Aline lia, Toninho pensava como a amizade de Betão tinha marcado a sua vida! E agora o amigo estava morto! E pensar que ele também poderia ter se envolvido no crime. Até quando seria sobrevivente?

Quando Aline terminou de ler, Toninho estava visivelmente emocionado.

— Isso é que é denúncia, mano! — Helião sorriu e o abraçou, percebendo que Toninho já mudava seu ponto de vista. Virando-se para Aline, aprovou:

— Esse artigo está à pampa! Pode soltar que a gente vai fazer uma distribuição legal. Arrumei um patrocínio da hora! Vai dar pra tirar um montão de cópia.

— Legal, Helião. E o muro do hospital, você conseguiu autorização pra grafitar no domingo?

— Mais do que isso, mana! Se ficar legal, o diretor autoriza a gente a grafitar o pátio interno.

— Que legal! Então temo muito serviço pela frente.

Antes de se despedirem, Helião perguntou sobre o livro emprestado.

— E aí, Toninho, tá gostando da leitura?

— Tô sim. Depois vamo trocar umas ideia sobre ele.

24 CELEBRANDO A VIDA

Na sexta-feira, o dia foi corrido. Toninho trabalhou direto, sem interrupção. Nem deu para pegar no livro emprestado por Helião. À noite, ao chegar à escola, aproveitou para ler um pouco mais.

— Já por aqui, mano? Como cê tá? — Beó perguntou, assim que entrou na classe.

— Tô como você, o Gera, todo mundo. Ainda meio abalado com a morte do Betão.

— Cê tá mais que a gente, porque viu a bagaça de perto. Deve ter sido feroz!

— Foi sim.

— Cê viu o Sérgio, mano? Ele escreveu um negócio bonito no fanzine lá do Helião.

— Vi — Toninho respondeu absorto, continuando a ler.

— O que você tá lendo, mano? — Beó perguntou, percebendo que Toninho estava envolvido na leitura e não queria falar no assunto. Ele ainda não tinha digerido a morte do amigo.

— Um livro que o Helião me emprestou.

— Fala do quê?

— Ah, fala sobre o *hip hop* e eu tô dando uma olhada.

— E o que ele diz aí?

— Um monte de coisa. — Toninho deixou a leitura de lado e resolveu dar atenção ao amigo. — Fala sobre a história do movimento, como chegou ao Brasil, os quatro elemento, por que a periferia aceitou o *rap* e o movimento, essas coisa...

— Sobre o *rap*, o Gera tava falando outro dia, e eu concordo com ele. O *rap* pegou porque não é preciso quase nada: uma base, um microfone e é só soltar a voz.

— Mais ou menos é disso tudo que o cara fala aqui também. Fala da importância do DJ, do MC, do grafite e do *break*.

Toninho tentava repassar o que mais aprendera acerca dos quatro elementos do movimento *hip hop*.

— Os quatro elemento eu entendo. Mas o Gera falou num quinto e aí a minha cabeça deu um nó.

— Ele fala nisso também. Dá uma lida nesta parte aqui.

— Deixa eu ver! — Beó tentou ler o trecho que Toninho indicava. Em vão. Leu duas ou três frases, com dificuldade, emperrou numa quarta e desistiu. — Ah, fala aí o que cê leu, que eu não dou conta. As letrinha são muito pequena...

— O quinto elemento é a conscientização, mano!

— Ele falou mesmo essa palavra. Mas me explica!

Naquele momento, Patrícia entrou na sala. Beijou os colegas e, preocupada com Toninho, perguntou se estava tudo bem com ele. Ele sorriu, meio sem jeito, dizendo que ia levando.

— Você tava perguntando sobre o quinto elemento? Eu posso te explicar?

— E você sabe disso?

— Lógico que sei... Inclusive, tem um *rapper* cearense, o Poeta Urbano, que diz justamente isso, que a gente não é a parte do povo que cala, mas a fala da parte calada do povo. E através dos quatro elemento, vamo chegando na comunidade, esclarecendo sobre a nossa condição e tal, que é o quinto elemento.

— Como você sabe de tudo isso, hein, Patrícia? — Beó perguntou, intrigado.

— A gente leu sobre isso já.

— Quem?

— Eu, a Aline, as menina do Orumilá. Tamo até pensando em fazer um grupo feminino de *rap*. E eu ainda vou levar a rima, tão sabendo?

— Deixa de ser lóqui. Grupo feminino? Mulher fazendo *rap*? Qual é, Paty! — Beó ironizou.

— Deixa de ser machista! Você não conhece a Kamila, a Nega Gizza? Não conhece a Nega Li, do RZO? Não conhece também um monte de grupo de mina que tão nascendo?

— Me fala um, vai!

— Tem o Livre Ameaça, o Gueto ZO, o Fase, um monte de grupo. E no nosso grupo tem uma menina que já tá dominando os *scratches*, riscando o vinil como ninguém.

— Ah, cês tão fazendo o curso de DJ do Sérgio?

— Demorou! Lógico que tamo.

— Aí, poderosa! — Os dois riram, aprovando.

Logo depois chegou Aline e o restante do pessoal. Gera entrou trazendo a novidade: o professor de Matemática tinha faltado mais uma vez.

— Gente, vocês tão muito cavernoso. Vamo acabar com a tristeza? — Gera sugeriu.

— Isso mesmo! Em vez de ficar chorando a morte do Betão, vamo fazer um salve pra ele.

Gera foi à mesa do professor e começou a gesticular, como se estivesse manuseando a *pickup*, fazendo *scratches*.

Toninho, imediatamente, arrancou folhas de caderno e com traços precisos e rápidos desenhou duas *pickups*.

— Taí, truta! Pode riscar o vinil...

Gera assumiu o papel de DJ e Patrícia, transformando um estojo em microfone, fez as vezes de MC. Enquanto isso, Toninho foi à lousa, pegou um pedaço de giz e começou a rabiscar algo no quadro-negro.

— Aí, galera, esse salve vai pro Betão, que era só mais um sobrevivente, na guerra brava que travamo contra a miséria e a falta de oportunidade. — Patrícia imitava Sérgio. — Pra você, Betão, mano veio, onde estiver, é nóis!

— É nóis! — gritaram todos, emocionando-se com o salve de Patrícia.

Os demais alunos cantavam o refrão, fazendo o backing *vocal.*

Quando Gera começou a fazer *beat box*, imitando com a boca os sons da batida do *rap*, a classe toda percebeu que se tratava da música "Vida após a morte", do grupo Consciência X Atual, que eles conheciam tão bem do *show* de *rap*.

Patrícia começou a cantar:

— *Quem tem medo não vive,*
quem vive não tem medo.
É mais um ano sem o meu mano.
Coisas da vida.
A morte faz parte.
O mano não morreu;
vive na memória de quem o conheceu...

Enquanto ela cantava a rima, alguns colegas da classe, que eram *b.boys*, afastando as carteiras, iniciaram um racha de *break* no centro da sala.

Os demais alunos cantavam o refrão, fazendo o *backing* vocal:

Eu gostava tanto de você!
Eu gostava tanto de você!
Tenho que reconhecer, truta,
foi bom te conhecê!

Toninho desenhava o que agora, percebia-se, era o rosto de Betão gargalhando como sempre fazia.

Quando terminou, escreveu embaixo um verso da música que Patrícia acabava de cantar:

Ele representou como pôde.

Aline, vendo que Toninho estava emocionado, aproximou-se e o abraçou. Sussurrou ao seu ouvido:

— Bobinho, você tem noção do que acabou de fazer? Você fez seu primeiro grafite.

Toninho não respondeu. Ainda com os olhos marejados, apenas a apertou ainda mais no abraço terno.

Na porta, a diretora, avisada para colocar ordem na classe, já que o barulho atrapalhava as salas vizinhas, estava estática. Não chamou a atenção do grupo. Pelo contrário, emocionada com a manifestação dos alunos, preferiu não interferir.

25 O MOMENTO DE ABRACADABRA

A semana correu normalmente. No sábado de manhã, Toninho foi à casa de Aline. Encontrou-a chorando e muito nervosa.

— O que aconteceu, Aline? — Toninho perguntou. — Foi o seu padrasto?

— Não, não foi nada não. Bobagem minha! — Aline deu uma desculpa, assim que se viu flagrada na sua intimidade.

— Como bobagem sua? Nunca vi você tão nervosa.

— Pois olha aqui, Toninho. Eu tô com raiva mesmo de todos os pichador do mundo.

— Mas o que foi que aconteceu?

— Aconteceu que domingo passado fomo grafitar o muro de uma escola. Pois ontem não foram lá e atropelaram tudo, bem no pedaço que eu tinha grafitado? — Aline, à medida que ia contando, voltava a chorar.

Toninho tentava consolá-la, mas não sabia o que dizer. E o que poderia dizer? Que ele também já tivera muitos pichos atropelados? Que também já atropelara alguns grafites? Ainda, se ela não chorasse, poderia argumentar que foi um lance normal, mas vê-la sofrendo deu a ele a dimensão da deslealdade, do desrespeito daquele picho.

— O que eu fiz foi arte, um grafite bonito que representava a paz. E os cretino, os burro, foram lá e sujaram tudo. Pichador é tudo uns porco... — Quando percebeu o que havia dito, já era tarde. Olhou para Toninho, que abaixou a cabeça. Quis se desculpar, porém ele a interrompeu:

— É, os pichador é tudo porco mesmo — Toninho fez menção de ir embora, mas ela o reteve.

— Desculpa aí, vai!

— Deixa quieto. Na verdade, eu é que tinha que pedir desculpa pruma pá de gente — Toninho, sem ter o que dizer, convidou-a: — Vamo comigo lá na casa do Helião? Eu preciso devolver o livro que ele me emprestou.

— Vai você, eu não tô legal. Ele deve tá no Orumilá agora. Depois a gente se fala.

No caminho até o barracão, Toninho ia angustiado. Sentia-se inquieto, de mal consigo mesmo. O rosto triste de Aline não saía de seu pensamento.

Quando chegou ao Centro, Helião estava preparando as tintas para a aula que daria em seguida.

— Salve aí, Helião!

— Ei mano, você por aqui?

— É, eu vim...

— Fique à vontade, que eu tô acabando de separar essas tinta para a aula de hoje. O pessoal já tá pra chegar.

— Eu vim entregar o livro.

— E aí, gostou?

— Gostei! Entendi uma pá de coisa! — Toninho respondeu, reticente.

— É, ele explica muita coisa que até grupo de *rap* que tem CD gravado não sacou ainda. — Helião se entusiasmou ao saber que a leitura fora produtiva, mas percebeu que o rapaz estava angustiado. — Você tá meio quieto. O que aconteceu?

— Eu tô chateado pela Aline! Fiquei sabendo que...

— Logo o grafite dela que os cara picharam, mano! Ela fez um grafite num tom bem suave, usando este azul e este branco aqui... — Helião apontou o material usado por Aline.

— Agora eu entendo a bronca dos cara quando a gente picha. — Finalmente, Toninho conseguiu falar que a dor de Aline era a sua dor.

— É o que eu vivo te falando, mano! Pichar não conscientiza, não denuncia. Pra turma do No Toy, a adrenalina é outra. Ela tava tão contente com o trabalho. E tinha ficado muito bonito mesmo!

— Agora eu tô sacando um monte de coisa.

— Isso mesmo, mano! Está sendo o teu momento de abracadabra!

— Como assim? — Toninho sorriu, sem entender.

Helião se aproximou dele, segurou-o pelos ombros, olhando no fundo de seus olhos:

— Isso é quase mágica! Você acaba de abrir a porta do conhecimento, mano veio! Você é um artista, mano! E tá demorando muito pra colar com a gente. Sabe que tem talento e fica pagando comédia aí.

— Como você sabe que eu tenho talento?

— Eu já vi seus desenho. Sua mãe, numa reunião do Orumilá, já tinha me mostrado.

Toninho riu, sem graça. Ele mesmo não teria coragem de mostrar os desenhos a Helião. Gostou da ousadia da mãe. No fundo, estava contente.

Em seguida, três rapazes, alunos de Helião, apareceram na porta.

— Salve aí, truta! Chega chegando, rapaziada!

— Ô Helião, quando é que a gente vai mesmo naquele museu? — um deles perguntou.

— Domingo que vem vamo na Pinacoteca. — E, dirigindo-se a Toninho, convidou-o: — Você quer ir com a gente? A exposição chama "De Picasso a Barceló", uns quadro de pintores espanhóis. A *crew* toda do No Toy vai, inclusive a Aline. — Helião sabia que aquilo iria estimulá-lo.

Toninho não sabia o que responder. Não queria nem lembrar que era lá que ele havia pichado em homenagem ao Betão. Tratou de armar uma desculpa.

— Mas lá não é lugar pra gente, Helião!

— Por que não?

— Lá é lugar de bacana, não é espaço pra gente da periferia.

— Ei, ei, mano! Que preconceito é esse? O lugar é público, mermão! Sem essa!

— Tá bom! Eu vou pensar. Você agora vai se ocupar e eu tô vazando, falô? — Toninho se despediu.

Saiu do barracão ainda angustiado. Conversar com Helião sempre era motivo para refletir. Laura já tinha admirado seus desenhos outro dia. Mas foi da boca de Helião que saiu que ele era um artista. Pensava em Basquiat. Achou que o elogio era demais. Não era tão bom assim!

Ainda sentia a mão de Helião no seu ombro, dizendo, olho no olho, "você é um artista". Ao mesmo tempo, vinha a sua mente o rosto de Aline. Se pudesse trazer a sua alegria de volta! Daria tudo para vê-la sorrir de novo e...

"Mas é isso!" — Toninho falou em voz alta, tomando uma decisão. E, sem perder tempo, saiu em desabalada carreira retornando ao barracão.

Estava decidido: pegaria as tintas. Enquanto corria, se justificava. Aquilo não seria propriamente um roubo, porque havia uma causa justa. Helião depois entenderia seu gesto.

Quando chegou ao barracão, Helião já estava em uma das salas com os rapazes e não viu quando Toninho entrou sorrateiramente.

26 UM GRAFITE DE AMOR

Beó e dois amigos empinavam pipa sobre a laje de uma borracharia no Jardim Jangadeiro, quando viram Toninho se aproximar. Logo atrás, vinha Gera, carregando umas latas.

— Beó, desce daí — ordenou Toninho.

— Que é, mano? Tá se achando agora? Qual é essa de me dá ordem?

— Desce logo, cara! — Gera sinalizou a Beó que Toninho não estava para brincadeira.

— Mas o que tá pegando, Gera? Problema meu com a Marina é problema meu, sacou? — Beó suspeitava que tinham vindo conversar com ele sobre seu relacionamento com a garota, e decididamente ele não se abriria com os amigos.

— Mas o que a Marina tem a ver com isso, Beó? Tá lóqui? O Toninho passou lá em casa, mandou eu segurar essas lata de tinta e eu vim, tá ligado?

— A gente vai pichar agora, mano?

— Deixa essa pipa com os moleque e vem com a gente. É que eu tô precisando da ajuda d'ocês — Toninho abrandou sua fala.

Quando tomaram o ônibus para o Campo Limpo, Gera fez questão de perguntar o que iam fazer.

— A turma do No Toy fez uma grafitagem numa escola em Campo Limpo e uns pichador atropelaram o grafite da Aline. Eu tô indo lá pra dar um trato nele.

— E você quer que a gente te ajude a grafitar? — Gera espantou-se, boquiaberto. — Nóis nunca grafitamo, mano! A gente é do picho e...

— Eu sei, Gera. Mas a gente é como carne e unha e se eu não chamo ocês, depois iam ficar chateado comigo. E se ocê visse a cara de tristeza da Aline por causa do atropelo...

— Ah, tá! Então é um grafite de amor? — Gera deu uma risada. Risada de quem tinha entendido.

Beó não riu. Estava perdido em seus pensamentos. Pensava na decisão que tinha que tomar em relação à Marina.

— Ei, Beó, você não achou graça?

— Desculpa aí! Eu tava pensando numas ideia aqui.

— Que ideia?

— Deixa pra lá, é coisa minha...

— Tá bom. E essa tinta, Toninho, onde cê arrumou?

— Eu peguei lá do Helião. Sei que ele vai entender que é por uma boa causa.

Quando chegaram à escola, Toninho já não carregava no rosto o ímpeto do momento em que decidiu recuperar o grafite de Aline. Agora tinha, além de sua determinação, a cumplicidade dos amigos.

Ele olhou a grafitagem, procurando a parte criada por Aline. Antes que os demais arriscassem deduzir qual seria a parte dela, ele já apontou:

— É aquela pomba ali!

— Não tá difícil, mano! Deixa que eu faço — Beó provocou Toninho.

— Que que é, Beó! Você não percebeu que essa parada é minha? — Toninho respondeu, com determinação.

Enquanto ele, entre ansioso e contente, tocava no grafite de Aline pra admirá-lo, Beó perguntou:

— Escuta aqui, Toninho, você vai consertar o grafite ou vai ficar só olhando o que a Aline fez?

— Mas tá à pampa o que ela fez, não tá?

Enquanto Toninho consertava o que haviam pichado, não ouvia a conversa dos amigos. Ouvia dentro dele uma vontade de grafitar! Teve ideia de como fazer o painel, se pertencesse ao grupo dos No Toy. Não queria admitir para si mesmo que estava empolgado com o grafite. Lembrou-se do rosto de Helião, ao dizer-lhe que ele era um artista, de dona Laura, admirando seus desenhos...

— Já tá perfeito! — Gera apressava o amigo, querendo encerrar a missão.

Toninho nem ouviu a frase de Gera. Agora imaginava a felicidade de Aline, ao ver seu trabalho recuperado, e ria sozinho.

Quando deixaram o Campo Limpo, de volta ao Capão Redondo, Beó, sem querer, ingenuamente convidou:

— Pô, gente, sabe do que eu tô lembrando? Hoje é sábado, dia de rolê de picho. A galera toda vai tá no *point* lá e a gente podia tentar descobrir quem atropelou o grafite dos No Toy.

— Se liga, Beó! Tô sem inspiração, mano! E depois, cê esqueceu que tem festa lá na Cohab Adventista? Fiquei de passar na casa da Patrícia e ir com ela — Gera desconversou.

Toninho olhou para Beó e também recusou o convite:

— Eu tô fora também. Hoje eu não tô a fim não, Beó. E, depois, não vale a pena arrumar treta com quem atropelou o trabalho da Aline.

27 VOCÊ DEVIA SER HOMEM, CARA!

Já era noite quando Toninho e os amigos voltaram. Ele chegou a sua casa, tomou banho e foi se encontrar com Aline. Ela ainda estava triste.

— Você não quer ir na festa na Cohab? Assim você se alegra. — Ele era todo alegria.

— Não sei não!

— Ei, o mundo não acabou só porque alguém atropelou o seu grafite. Se apronta logo, vai!

Na festa, Gera e Beó, entusiasmados, contavam a Patrícia que tinham ido refazer a grafitagem na escola, quando Marina se aproximou.

— Beó, eu preciso falar com você — ela mal cumprimentou os amigos.

— Mas eu não preciso, tá? — ele respondeu, irritado.

— Deixa de ser infantil. Você tem a obrigação de me escutar.

— Tá bom, vamo lá pra rua, então.

— O que deu neles? Por que tão brigado?

— Não sei não, Gera. Mas pelo jeito é coisa séria.

Toninho e Aline, ao chegarem, encontraram Marina chorando e Beó de cara fechada. Sentiram que o clima entre eles estava pesado, mas não queriam interferir. Entraram.

Gera e Patrícia, por sua vez, conversavam animadamente, quando Toninho e Aline se aproximaram.

Aline ouviu a última frase de Gera: "Eu imagino a cara de alegria na hora que ela souber", e indagou:

— Cara de alegria de quem, gente? — Aline entrou na conversa, com a intimidade de amiga do jovem casal.

— Nada não, Aline — Patrícia se adiantou, antes que Gera desse com a língua nos dentes. — Por que vocês chegaram tão tarde? — Patrícia procurou mudar o rumo da conversa:

— O Sérgio e o Helião tavam por aqui até agora há pouco, mas foram ali perto, no bar.

— O que deu no Beó e na Marina?

— Beó tava aqui e a Marina chamou ele para conversar...

— Tá o maior tempo quente lá fora...

— Vixe, Aline! Você tá pensando a mesma coisa que eu?

— Eu acho que ali tem coisa mais séria que uma briguinha de namorado, viu?

No bar da esquina, enquanto compravam cerveja, Helião comentou com Sérgio.

— Tô chateado, viu mano! Hoje, pela primeira vez, sumiu tinta lá do barracão. A gente orienta esses pivete pra caramba e de repente some tinta. Ainda pra piorar um outro vai e picha o grafite que fizemo. Quando é que eles vão se conscientizar?

— Eu sei quem pegou as tinta, mano!

— Quem?

— Foi o Toninho.

— O quê? Mas para que ele ia...

— Ele pegou as tinta, passou lá em casa e na casa do Beó e os três foram arrumar o grafite da Aline.

— Agora caiu a ficha, cara! Agora eu me liguei. Hoje ele esteve lá no Centro. Quer dizer que, então, ele foi lá na escola e... — Helião riu satisfeito.

Ao retornar à festa, Helião procurou Toninho e Aline. Os dois conversavam.

— Essa sua tristeza, Aline, vai só até amanhã cedo. Eu passo na tua casa cedinho pra gente dar um passeio. — Toninho sorria.

— Passeio? Como assim? — ela até se permitiu rir também.

— É, eu vou te fazer uma surpresa.

— Aline, você sabe quem vai ser o novo batizado do No Toy? — Helião interrompeu os dois, olhando para Toninho.

— Não acredito! Você, Toninho?

— Por que você tá falando isso, Helião?

— Você ainda não contou pra ela? Tá esperando o quê?

— Contar o quê, gente? Que mistério é esse? — Aline estava impaciente para saber qual a novidade.

— É... Sabe o que é... A surpresa era que... Bom... eu... não sei se você vai gostar... Agora eu tô achando que não devia ter ido lá e...

— Lá onde, Toninho? Desembucha!

— Eu peguei umas tinta do Helião e fui retocar o teu grafite.

— Você fez isso? — Aline armou uma cara de poucos amigos.

— Fiz. Eu queria te provar que nem todo pichador é porco e sujo e... Desculpa aí, vai?

Aline não esperou Toninho terminar a frase. Aproximou-se dele e o beijou apaixonadamente. Toninho, ante a impulsividade da garota, ficou sem graça, mas correspondeu ao beijo.

Helião percebeu que estava sobrando e saiu rindo. Havia nele a sensação de que Toninho começava a mudar suas ideias sobre o grafite.

A festa continuava animada. Gera e Patrícia dançavam empolgados, mas nem sinal de Beó e Marina.

Horas depois, Toninho acompanhou Aline à casa dela. Na despedida, ele anunciou:

— Amanhã eu passo aqui pra gente ver se você aprova o que fiz.

— Combinado. Mas quero falar outra coisa com você. — Aline, carinha de dengo, fez um muxoxo, um trejeito carinhoso. — Domingo que vem vamo na Pinacoteca. Queria que você fosse comigo...

— É, eu estou sabendo que vocês vão... O Helião até me convidou, mas...

— Então, vamo? — Aline insistiu. Sabia que para Toninho a Pinacoteca trazia a lembrança de Betão, mas pediu novamente: — Eu não conheço lá e queria tanto que você estivesse comigo...

— Tudo bem, eu te acompanho — concordou finalmente ele, depois de pensar um pouco.

No domingo, Toninho e Aline foram até o Campo Limpo ver o grafite restaurado. Ela ficou contente com o trabalho do namorado.

— Toninho, puxa, ficou da hora! Ficou até melhor do que o que eu fiz.

— Exagerada! — Ele desconversou, satisfeito com a alegria dela.

Voltaram pro Capão Redondo rindo à toa, percebendo que o relacionamento dos dois se fortalecia.

* * *

Na segunda-feira, na escola, o assunto entre os amigos era a festa da Cohab e a recuperação do grafite de Aline. Ela e Patrícia, entusiasmadas com a ideia da visita ao museu, convenciam, no recreio, Beó e Gera a acompanhá-las. Não foi difícil convencer Gera. Mas Beó estava mais relutante.

— Acho esse negócio de museu uma frescura, tá! Tô fora!

Essa reação não era comum vinda de Beó. Mas, nessa e em outras situações na semana anterior, ele tinha se mostrado nervoso, inquieto. E os amigos estranharam, porque ele dificilmente perdia o bom humor. Dias antes, Beó tinha se irritado com o professor de Geografia e foi expulso da sala. Logo ele que era um aluno tão disciplinado! Na festa, os amigos o viram discutindo com Marina.

— O que você tem, cara? Faz uns dia que você tá diferente!

— É frescura sim, coisa de pleibói, esse negócio de museu.

— Eu não tô falando de museu agora, mas de você e da Marina. Eu já tentei fazer com que ela se abrisse, mas não consegui muita coisa. Desembucha, cara! — Aline foi direto ao assunto.

Beó abaixou a cabeça, constrangido, e, chutando uma bolinha de papel como se quisesse chutar longe seus problemas, finalmente desabafou:

— Tá legal, vou falar! A Marina tá grávida. E eu não tô preparado pra ser pai. Até falei pra ela que a gente devia procurar ajuda de alguém pra...

— Você não tá pensando em fazer a Marina tirar essa criança, né?

— Tem hora que eu penso nisso, sim. Tá tudo confuso na cabeça da gente e...

— Escuta aqui, Beó, essa criança não tem culpa de nada... Nem ela, nem a Marina também... Ou você pensa que a gente é só pra rolê?...

— Eu não falei isso. Só tô dizendo que...

Quando Marina chegou, Patrícia veio chamar Aline. Antes de acompanhar a colega, ela olhou firme para Beó, mostrando-se solidária.

— Bota a cabeça no lugar e não vai fazer besteira... Qualquer coisa, conta com a gente...

Marina estava um pouco distante, perto da cantina do pátio, mas não se recusou a conversar. Contou que a briga na festa era porque Beó não queria assumir a criança.

— Nós já tamo sabendo, Marina. Por que você não contou pra gente que tava grávida? — Patrícia perguntou, sem rodeios.

— Não sei. Eu tô muito confusa — Marina respondia, emocionada.

— Nós só queremo ajudar! — Aline a abraçou carinhosamente. Marina não conseguiu conter o choro.

— Você já falou com a sua mãe?

— Ainda não. Ela é muito religiosa e se ficar sabendo, me manda embora de casa.

— Mas ela precisa saber. Ou você vai ouvir a solução do Beó? — Aline analisava a questão.

— Eu tô indecisa...

— Você quer que a gente vá junto com você, falar com sua mãe? A nossa presença pode ajudar.

— Não, gente. Isso é um problema só meu...

28 ARTE MEXE COM A GENTE, MANO!

No domingo seguinte, os primeiros a chegar ao Centro Comunitário foram Helião e Aline. Na verdade, quando chegaram, já havia alguém lá.

— Nossa Beó, você veio? — Aline se surpreendeu. — Ir na Pinacoteca não é coisa de pleibói?

— Lógico que é, mas todo mundo vai e depois eu tô precisando trocar umas ideia com você.

— Aline, eu vou lá dentro ver umas coisa. Fique à vontade com o Beó. — Helião se afastou, deixando os dois a sós.

— Então diga, Beó.

— Bão, eu pensei pra caramba no que você disse outro dia. Falei com a Marina e fomo conversar com a mãe dela e depois com a minha...

— E elas, e vocês? — Aline esperava uma decisão positiva dos dois.

— A mãe dela falou um monte. Nem me olhava na cara. A minha mãe também me deu o maior esculacho. As duas nem tão falando com a gente, mas...

— Mas... — Aline estava ansiosa.

— A gente vai criar a criança. Não sei como, que não tenho emprego, mas o filhote não tem culpa de nada...

— Isso, Beó, é assim que se fala! E eu já tô me candidatando pra madrinha, tá?

Quando Helião retornou ao salão, Aline acabava de dar um abraço em Beó.

— Helião, chega aqui! Vem cumprimentar o mais novo pai da comunidade...

Logo depois, Marina e Patrícia chegaram. Toninho foi o próximo a chegar. Sabendo da novidade, todos cumprimentaram Marina e Beó, enquanto os alunos de Helião também se reuniam ao grupo.

* * *

No trajeto até a Pinacoteca, todos estavam entusiasmados com a visita. A maioria deles nunca tinham nem ido a Santo Amaro, quanto mais chegar à Estação da Luz.

Nas escadarias da Pinacoteca, assim que Helião e todo o pessoal entrou na fila, alguém o saudou.

— E aí, Helião, quando você vai fazer uma exposição da No Toy pra nóis? — A pergunta vinha de um homem trajando paletó e gravata.

— Você por aqui, truta? E de terno e gravata? Tá chique, hein? — Helião respondeu à saudação, surpreso ao ver um conhecido fazendo vigilância no museu.

— Arrumei esse bico por uns dia. Eles tavam precisando...

— Por quê? Alguém foi demitido? — Toninho, ao lado de Helião e Aline, perguntou espantado.

— Não! É que com essa exposição precisaram aumentar a vigilância, e sobrou uma boquinha pra mim.

— Você tem certeza de que ninguém foi demitido? — Toninho quis confirmar.

— Absoluta, mano!

— Que cara é essa, Toninho? Por que você tá tão interessado em saber sobre quem foi ou não demitido? — Aline gracejou.

— Nada não! — Toninho respirou aliviado, e Aline entendeu a preocupação dele. Certamente havia se lembrado da demissão de seu Júlio.

Logo depois, ele aproveitou que Helião e Aline estavam entretidos na conversa com o segurança e afastou-se do grupo, dirigindo-se à lateral do prédio, para conferir se o seu picho ainda estaria lá. Voltou em seguida, sem graça.

— Já limparam, né? — Helião comentou baixinho, discreto, tão logo ele entrou na fila novamente.

Em silêncio, Toninho confirmou com a cabeça. Quando a fila andou, a imponência do prédio o inibiu. Nunca tinha entrado em um prédio daquele tamanho, ainda mais um museu! Ficou meio constrangido, quis recuar, mas Helião, percebendo sua indecisão, fez sinal para que ele o acompanhasse.

No saguão, a monitora formava um grupo e Helião se aproximou, solicitando que ela encaixasse seu pessoal.

Ela concordou. Inicialmente, estranhou a curiosidade do grupinho de bermudão, camiseta larga e boné de aba reta, mas logo entendeu o interesse deles.

— Eles são grafiteiro e meus aluno. Estão preparado e até já pesquisaram sobre os pintores incluídos na Exposição. Sabem o que vão ver — Helião esclareceu sobre seu grupo.

— Que bom! Então vai ser muito produtiva a visita de vocês! — A monitora sorriu, indicando o percurso que fariam.

Assim que começaram a andar pelos corredores lotados, Toninho olhava ao mesmo tempo para os quadros e para os visitantes à sua volta. Sentia-se um peixe fora d'água. Estariam com receio de que eles, os mano da periferia, fossem estragar as pintura? Aos poucos, deixou de se preocupar com os visitantes e passou a se encantar com as obras.

— Olha aquele quadro ali! Mas aquilo é pichação! — ele chamou a atenção de Aline, ao ver um dos quadros que trazia, além da tinta na tela, frases escritas como se tivesse sido pichado.

— É mesmo! Lembra bem os quadro do Basquiat, aquele do filme que a gente assistiu — Aline respondia, entusiasmada.

Sem perceber, Toninho, encantado com os quadros, parou para ver o detalhe de um, as cores de outro, e foi ficando para trás, desgarrando-se do grupo. Ele passava por uma das salas, quando viu um grupo de jovens em torno de um quadro. Um senhor conversava com eles sobre a pintura e Toninho ficou curioso em saber o que eles comentavam.

— Esse quadro se chama *O assassinato do amor*, e é uma pintura abstrata de Manuel Millares.* E como todo quadro abstrato possibilita múltiplas interpretações. O que vocês veem nele?

Toninho não ouviu nenhuma das interpretações dadas pelos jovens. Postado atrás deles, olhava o quadro, entregue à contemplação. "Que quadro interessante!", pensava. Quando os jovens se distanciaram, aproximou-se mais da tela. Curioso! O que será que simboliza este tecido pintado de vermelho sobre a tela? Será uma mancha de san-

---

* Manuel (Manolo) Millares nasceu em Las Palmas de Gran Canaria, em 1926, e faleceu em Madri, em 1972. A tela referida é de 1966 e esteve exposta na Pinacoteca de São Paulo, em 2001, por ocasião da mostra "De Picasso a Barceló: coleção do Museu Nacional Centro Reina Sofia".

gue? Um corpo caído? O cadáver de alguém? E aquele buraco na tela? Será um tiro? Um disparo?

Alheio aos visitantes à sua volta, Toninho, sem conseguir desviar seu olhar do quadro, transportou-se para dentro da tela. Por associação, a morte sugerida na tela lembrou-lhe a de seu pai. Como num transe hipnótico, escutou o estampido dos tiros, o corpo dele sem vida, emborcado sobre a direção do ônibus, como lhe disseram que o pai tinha morrido. O alarido de vozes à sua volta transformou-se no grito dos passageiros.

Então, pintura é isso? O quadro transmitia a dor que ele conhecia? Mas como era possível?

Agora, o corpo estampado no quadro era o de Betão. Ouviu novamente os disparos que o mataram, seu corpo caindo inerte no chão do ônibus. Mas, ao mesmo tempo, não era mais Betão e sim Zoinho, e sim Nego Leco, e sim William, e a imagem era a de tantos outros corpos de conhecidos, tantos outros mortos na periferia: manos que tombaram na guerra do tráfico, nas brigas entre gangues, nos corres da vida. Agora ele entendia. Claro! Agora sim era seu momento de abracadabra!

— Ei, mano, tá perdido aí? Se liga, cara! O grupo já tá lá duas sala pra frente — Toninho foi interrompido na sua reflexão pela voz de Helião, que vinha procurá-lo e exigia pressa.

Percebendo que ele estava transtornado, estático, hipnotizado, Helião preocupou-se.

— Você está bem, mano?

— Tô. — Toninho respondeu secamente. Ainda absorto, seguiu Helião como um autômato, olhando para trás.

Ao vê-lo, Aline também notou a sua enorme distração.

— Onde você se enfiou, Toninho? Todo mundo te procurando no meio desse povão! O que aconteceu? Você tá estranho!

... a imagem era a de tantos outros mortos na periferia, manos que tombaram na guerra do tráfico, nas brigas entre gangues, nos corres da vida.

— Aline, você viu um quadro que estava lá atrás chamado *O assassinato do amor*?

— Acho que não. Eu vi o Picasso e os rascunhos do *Guernica*. Ele também rascunhava que nem a gente aprende a fazer no grafite!

— O quadro é demais, Aline! Vem cá que eu quero te mostrar!

— Não, Toninho. Não dá tempo. A monitora percebeu que alguém havia se atrasado e deu bronca. Vamos embora!

Quando deixavam a exposição, atravessaram a rua e seguiram em direção ao ponto do ônibus. Helião falava o tempo todo. Comentava sobre um quadro, elogiava outro, interpretava um terceiro.

— Vocês viram os esboço do *Guernica*? — ele perguntou aos alunos.

— Sim, mas o que você mostrou pra gente foi um painel grandão — um dos grafiteiros comentou.

— É, aqui vocês viram só alguns esboço. O painel mesmo está em Madri, um baita dum painel que pega a parede inteira, um grafite maior do que os nossos. Aliás, esse painel é uma das maiores denúncias artísticas do século XX. — E Helião lembrou que Guernica era o nome de uma cidade bombardeada na Guerra Civil Espanhola.

Enquanto todos estavam na fila do ônibus, e percebendo que Toninho estava distante, Helião chamou-o para conversar.

— Toninho, vem cá, mano! O que deu em você?

— Pô, Helião, eu fiquei de cara num quadro lá!

— Qual?

— Aquele que eu tava vendo, quando você me chamou. O título dele é *O assassinato do amor*.

— Ah, lembro vagamente...

— E o amor morreu mesmo pra nóis, Helião. Lá na nossa quebrada é só violência, é uma pá de gente todo dia indo pro São Luiz, mano!

— O quadro mexeu com você, né? Arte mexe mesmo com a gente, mano! — Helião percebia que Toninho estava emocionado.

— Vi meu pai naquele quadro, mano! O Betão, o Zoinho, todos os mano que subiram. O amor morreu mesmo, Helião!

— Pelo contrário, mano! O quadro falou com você porque denunciou isso tudo. Mas você também pode entender ele como o renascimento do amor cada vez que se imortaliza uma imagem na tela como em *Guernica*, como nesse quadro que você viu.

— Então, arte é isso?

— Arte é isso, mano! Tô tentando te dizer faz miliano, e você só pagando comédia! É por isso que o grafite é importante pra gente. É a forma da cultura de rua expressar a dor, o inconformismo, a denúncia...

De repente, houve um pequeno silêncio. Toninho, antes cabisbaixo, levantou a cabeça, respirou fundo e disse:

— Quando eu começo lá no teu curso?

— Mas quem disse que você vai começar, mano? Faz muito tempo que você já começou... — Helião olhou para Toninho que sorriu, concordando.